U0950658

靳山
/著/

声声喜欢

花山文艺出版社
河北·石家庄

图书在版编目（CIP）数据

声声喜欢 / 靳山著. -- 石家庄 : 花山文艺出版社, 2020.6
ISBN 978-7-5511-5116-0

Ⅰ. ①声… Ⅱ. ①靳… Ⅲ. ①长篇小说－中国－当代 Ⅳ. ①I247.5

中国版本图书馆CIP数据核字(2020)第060330号

书　　名：声声喜欢
著　　者：靳　山

统筹策划：张采鑫
特约编辑：蒋彩霞
责任编辑：郝卫国
美术编辑：胡彤亮
责任校对：董　舸
装帧设计：刘　艳　西　楼
封面绘制：tendy
出版发行：花山文艺出版社（邮政编码：050061）
（河北省石家庄市友谊北大街330号）
销售热线：0311-88643221/29/35/26
传　　真：0311-88643225
印　　刷：长沙鸿发印务实业有限公司
经　　销：新华书店
开　　本：880×1230　　1/32
印　　张：8
字　　数：176千字
版　　次：2020年6月第1版
2020年6月第1次印刷
书　　号：ISBN 978-7-5511-5116-0
定　　价：36.80元

目录

Contents

目录 Contents

Chapter 01

初见或重逢

S h e n g s h e n g z i h u a n

01

昨晚程越珩加班到夜里三点，和衣躺在办公室里凑合了一宿，上午被助理孙文霖过来吵醒了，拉开窗帘一看，外边正下着雨。

程越珩交代了几句工作上的事，两人聊了大概有半小时。

后来说起私事，孙文霖推了推鼻梁上的眼镜，神色颇为烦忧："老太太又派身边的'警卫员'找我了，打听你现在是不是单身。"他握拳抵住口鼻咳嗽一声，转而语气带笑，"说你渐渐年纪大了，再不行动以后恐怕没有哪家姑娘肯跟你。"

"文霖。"程越珩一手撑在膝盖上，弹了弹烟灰。

孙文霖闻言抬头。

"要没记错的话，你比我还大两岁半。"程越珩往孙文霖心头插刀，"我以前管你叫学长。"顿了一下，他问得漫不经心，"你连恋爱都没怎么谈过吧？上一个分了是两年还是三年了？"

孙文霖手中的笔猝然停住，他冷静几秒，合上文件夹，顷刻间立场已经改变，正色道："我也觉得是老太太多虑了。"

程越珩拍拍他的肩膀，低声一笑，老半天想出一句，安慰他："男人三十一枝花，加油啊。"

孙文霖在心里骂娘。

程越珩拿起沙发上的大衣往外走,打算去公寓睡个舒服的回笼觉,把程氏旗下几家酒店的视察工作一并推给孙文霖。

孙文霖想反抗来着，转念想起前一阵程越珩因为胃病住院，出院之后没怎么休养就连着加班了好些天，确实辛苦，又把拒绝的话憋了回去。

往窗外望一眼，雨还在下。

升腾起白茫茫的寒雾，四处弥漫，高楼下的街道朦朦胧胧，行人模糊成一团团虚晃的影子。

孙文霖追上去，还有一件事没交代清楚，得程越珩亲自处理。

“昨天晚上崔小姐找过你，她打你的电话打不通，找到我这里来了。”

“哪个崔小姐？”程越珩皱眉。

“崔宁。”孙文霖回想起崔宁在电话里的语气，“她自称是你女朋友。”

孙文霖明知故问：“你有女朋友了？我怎么听着挺稀奇？”

要真有，程家老太太得乐了。

程越珩揉了揉眉心，他昨晚没休息好，此刻声音也泛着倦意：“这事儿我自己也不知道。”说完散漫地朝孙文霖摆了摆手，进了电梯。

程越珩刚才听孙文霖提起崔宁，结果在公司楼下就遇到了。

崔宁像是守株待兔候了许久，手里还捧着个粉色的暖手宝要打持久战，旁边还有个小闺蜜陪着一起。

看见程越珩的车开出来，她往道路中间一站，拦住。

她绕到副驾驶座的那一边，敲车窗，等着程越珩开了车门锁，然后像猫一样灵活地溜进去。

“我打你电话你怎么不接呀？”女孩儿分明是生气发怒的口吻，末尾的语气词却跟在撒娇一样。

二十岁鲜活明媚的脸庞，嫩得能掐出水来。

程越珩跟不认识似的盯着女孩儿看了几秒，然后还真的抬手掐了一把。他指腹带着薄茧，崔宁有些吃痛，笑容却越发甜美：“你答应过我毕业旅行要陪我一起的，不能说话不算数。”

程越珩已经完全不记得有这回事，只是轻笑了一声，问她：“你毕业了？”

其实明年夏天崔宁才能拿到毕业证，她玩心重，现在就想同程越珩出去过二人世界，于是耍赖把毕业旅行的时间提前了。

“去吗？陪我一起去看梅花。”

程越珩没说话，双手搁在方向盘上，神情倦怠。崔宁也就不敢再出声催促，怕做得太过了，事情就黄了。

车里恢复了安静，几点冷雨打在车窗玻璃上。

程越珩点了下头，说：“去。”

崔宁这才重新笑起来，越过座位倾身凑近他脸庞，重重印下一吻。

02

崔宁想去的那地方叫玉堂，是个古香古色的小县城。冬天连绵几里的梅林开放了，漫山遍野一片白雪也掩映不住的粉红，长风吹过，声势浩荡，卷起无数落英缤纷，美得醉人。这里一时间沦为网红打卡地，游客络绎不绝。

临近年关，程越珩忙得不可开交，能抽出来的时间也就那么一两天，适合去这种周边近点儿的地方。

逛梅林，游小城，看旧街景。

崔宁的相机几乎不离手，一直在对着各色的背景自拍，再修一修图，每隔几分钟就更新一条朋友圈和微博动态。

她忙得一刻不停，程越珩则百无聊赖，坐在古街边的木栏杆上点了一支烟，连同南方冬天湿冷的寒气一并吸进了肺里。

目光瞟到对面的忠武祠。

那里也是个景点，门口有两尊石狮子，灰白的墙上挂着告示：每逢周二、周四、周日下午三点唱大戏。

赶巧儿，今天是周四。

程越珩抬腕看表，已经过了两点半。他突然起了兴致，抬手招呼崔宁过来，问她：“想不想看戏？”

崔宁见他面上带了点笑，显然心情不错，即便心里对戏曲没有多大的兴趣，也装出一脸期待地说：“想呀。”

离下午三点越来越近，周围聚集的游客越来越多，大家一边等着大戏开场一边参观忠武祠。据说是为了纪念明代某位将军而修建的祠堂，飞檐翘角，两面墙上刻着人像和飞禽走兽的浮雕。庭中种了两棵乌桕树，分立两侧，戏台搭在正中央。

此时台后已经一片混乱，上妆的，换戏服的，全都火急火燎。

班主廖小晴是三十来岁的女人，前凸后翘，身材火辣，左右两胳肢窝各夹着一个摸来后台偷看捣乱的小鬼头。

廖小晴把人直接扔出去，嗓门洪亮：“作死啊，回家写寒假作业去！”吼完打了个震天响的喷嚏，冷得浑身一颤，赶忙裹紧了身上的大衣，拍着手催促演员们，“赶紧赶紧！抓紧时间！马上就要到点了啊！”

离廖小晴不远的矮凳上坐着个年轻女人，正在对镜描眉。

圆镜雾蒙蒙的似落了一层灰，总也擦不干净，映出来的那张脸却是真的好看。鹅蛋小脸，五官生得精巧，狭长的眼角晕染着胭脂的红，喜怒嗔笑都带风情。

这双眼睛的主人透过镜子看了看廖小晴，问道：“小晴姐，你感冒了？说话都带鼻音。”说着就把手边的保温杯推了过去，“里面是姜汤，你要不嫌弃可以喝。”

廖小晴接过去抿了一小口，杯沿上赫然留下一个正红色的唇印，又说：“还你还你，闻不惯这股子姜味儿。”

谢棠笑了笑，上完妆，拿梳子一下一下理顺有些打结的发尾。随后整理完身上的服饰，她站起身撩开后台的幕布，探出头朝外边张望。

今天忠武祠的人真不少，老的少的，男男女女，结伴而来。

廖小晴回过头，发现谢棠保持着先前的姿势一直站在门口没动，好似一尊木菩萨，便打趣道：“看什么呢你，这么认真，是看见情郎了还是看见天兵天将了？”

谢棠指了指台下的某一处。

穿黑色大衣的男人身材颀长，脊背挺拔，仰头在辨认浮雕上的字迹，只露出半张轮廓分明的侧脸。

周遭人头攒动，因他比旁人都高出一截儿，实在惹眼。

廖小晴猜透了谢棠的心思，翘起兰花指，捏着绣花的巾帕，含笑揶揄：“他与你何干？”

“他曾说过要娶我。”

廖小晴戳了戳她的脑袋：“做你的青天白日梦去吧。”

“是他违约，是他说话不算数。”

“傻子，你还真当自己是李玉珍了？”

李玉珍是谢棠常扮演的一个角色，越剧《是我错》里头的女主人公。

这出戏讲的是李玉珍和她的青梅竹马赵文骏。两人自幼有婚约在身，长大后赵文骏嫌弃李玉珍是农家女上不得台面，而他欲飞黄腾达后迎娶富家千金。两人虽然拜堂成亲了，赵文骏却提出与李玉珍做挂名夫妻，将她彻底辜负。过往承诺，皆不算数。

敲锣打鼓，大戏开场。

崔宁站在程越珩身边低头看了看手机，她心不在焉，更热衷于跟网友互动聊天。

左侧站着一个抱孩子的大婶，小孩儿调皮不安分，沾满了泥巴的鞋子在空气中乱踢，差点儿就蹭脏了崔宁的衣服。她收起手机，不高兴地鼓起脸颊往程越珩那边靠，牢牢抱住他的胳膊。

程越珩由她去，眼睛淡淡睨着前方的戏台子。

崔宁还想撒个娇，见他看戏太认真，一时也不敢打扰。

半晌，她总算听进去几句。回味过来，才发现讲的是个薄幸郎的故事。

崔宁拉了拉程越珩的袖子，说：“你可别学那赵文骏。”她开着玩笑，故作一副糟糠之妻怕被抛弃的可怜模样。

台上的角儿红衣灼灼，程越珩收回视线，拍了拍她的手，笑道：“怕什么，你也当不来李玉珍。”

雨说下就下。

唱到中途，谢棠在台上看着空中雾霭蒙蒙，雨丝如银针掉落。底下的看客们乱了，有的去对面屋檐下避雨，有的直接走了，还有的急急忙忙掏出伞。很快，面前撑起一片高低起伏五颜六色的伞海。

观众多或少，与谢棠无关，她一贯这么唱，没什么心绪起伏，今天却频频看着一个方向。

雨势渐大，透明珠子连成线从屋檐上往下掉。那个撑着黑伞的男人在谢棠视野中变成模糊的一团，像个虚无的影子。

想事情出了神，谢棠差点儿忘记唱词。身旁与她搭档的赵文骏的扮演者不露痕迹地扯了扯她的袖子，她歉意地抿出一个笑来。

好歹坚持唱完了这场。

谢棠匆匆去后台换下戏服。

廖小晴双手插在暖手宝里，抱怨：“什么鬼天气，尽扫人兴。”伸出一只手揪住谢棠冰凉的耳垂，“你今儿是不是见鬼了？唱的是什么东西，戏班子都能让你给唱砸喽！”有两次，见谢棠差点儿踩着自己的戏袍摔跤，看得廖小晴心惊胆战。

谢棠捂着耳朵“嘶”了一声，像是真疼。

廖小晴看谢棠的神色，松开了手。谢棠笑着讨饶道：“小晴姐，我错了我错了。大姨妈快来了，心里燥，发挥不稳定。”

“你就编吧。”廖小晴哪能信。

她们俩说了几句话的工夫，忠武祠里的人快散尽了，只剩稀稀疏疏几个游客仍在驻足参观，往功德箱里投几枚硬币。

不用想，那人也早走了。

谢棠把保温杯里剩下的姜汤喝完，有股辛辣的味道从喉咙口一路灼烧进胃里，她收拾收拾东西回家。

外面的天色仍是暗沉的，雨停了，坑坑洼洼的地面上积着水。

她沿着墙根一路走过，口中还哼着几句小曲。

03

红色的三角旗帜迎风招展，古香古色的小酒楼伫立在小街边。大堂里摆着清一色的一排酒缸，空气中飘着淡淡的酒香。

上了年纪的老板一个劲儿在跟程越珩吹嘘自家的酒好，让他品一品。

原本跟着他寸步不离的崔宁在酒楼门口遇见了熟人，正聊着。

薛喆是崔宁的校友兼学长，读导演系。这次他带着几个学弟学妹来玉堂拍片子，准备拿作品去参加一个含金量不小的比赛。他们一群人本来预计下午过来，正好赶三点钟忠武祠的戏曲表演，谁知道火车晚点时间太长，这边戏都唱完了，他们才到。

错过了今天这场，下次得到周日。

时间不等人。

刚才薛喆几经周折找到了戏班子班主廖小晴的电话，联系她说明了情况，看能不能想办法让戏班子再唱一出。

廖小晴毫不犹豫就拒绝了，规矩摆在那儿，每逢周二、周四、周日唱大戏，其余的时间，班子里的成员都各有各的工作，大家还有别的活儿要忙，单单凭着一周三场戏的工钱没法养家糊口。

廖小晴万万不可能因为薛喆一个请求就把其他人重新召集回来。

薛喆愁眉苦脸地跟崔宁倒苦水，拍摄忠武祠的戏班子是他作品中很重要的一部分，要是没拍到，内容要大打折扣。

崔宁看了看程越珩的方向。

她其实已经不想再和薛喆多聊，有这工夫听他废话连篇，不如凑去程越珩面前刷一刷存在感。突然生出一种想法，崔宁安慰薛喆："我替你想想办法。"

薛喆问："你能有什么办法？"

崔宁跟他兜圈子："我跟你都没办法，但有人能搞定，他总会有办法的。"她颇为自得地朝着那边的高大背影努了努下巴。

说着，她三步并作两步活泼地蹦到了程越珩面前求助，跟他说明了事情的缘由。

"能帮帮忙吗？"崔宁撒着娇，"薛喆是我学长，以前我们还都是摄影协会的，他帮过我好多次呢！"

程越珩要过来廖小晴的电话，说他试试。

04

谢棠在雾凇巷口的蜡梅树下卖扇子。

她以前跟对面街上刻碑文的老头儿学过一手画扇面，除了在忠武祠一周唱三场戏，其余的时间就在附近卖扇子。

按理说大冬天的没谁会吃饱了撑的买扇子，可偏偏谢棠的生意还不错。她会在扇面上涂几笔山山水水上去，题一两句小诗，还挺像那么回事的，有的游客就买回去当纪念品了。

接到廖小晴的电话的时候，谢棠正在给两个外国友人画山脉，一边介绍说这是玉堂的骆驼峰，全凭一张嘴哄得对方团团转。

“喂，小晴姐。”谢棠接通了电话。

廖小晴说：“过忠武祠来，加班再唱一场。”

谢棠丈二和尚摸不着头脑，以前从来没有过这样的情况。她困惑地问：“刚才不是才唱完？”

廖小晴笑了一声：“有财神爷送钱，加唱的这场能抵咱们以往唱一个月的工钱，你干不干？”

“干！”

谢棠也顾不上问清楚了，廖小晴在那头催促，她把画好的扇子塞进老外手里，收完钱匆匆忙忙地跑了。

廖小晴连续好几个电话把刚散不久的戏班子成员又召集起来，大家匆匆忙忙换戏服化妆做准备，忙碌起来。只有两个年纪稍大点的不放心地凑到廖小晴耳边问：“你没骗我吧？”说着用手比了一个数字，“一场戏真能有这个数？”

廖小晴说：“骗你我喊你爷爷。”

对方占廖小晴便宜，往她身前暧昧地挤了挤：“我要孙子做什么，我缺的是媳妇儿。”

廖小晴嘴上骂了一句，不耐烦地把人脑袋往外推。

忠武祠又敲锣打鼓地热闹起来，还在里面参观的几个游客都不知道这是怎么一回事。

薛喆带着一行人在台下摆好了摄影设备，趁开场之前，还去后台拍了一圈。里面数谢棠最养眼，薛喆多次将摄像头对准了她。

谢棠原本不太乐意，但想想又忍了下来，自顾自地做手头的事情，用手指沾了点胭脂往唇上涂。

那么艳的颜色，用在她脸上，竟也不会让人觉得俗气。

这次游客少了，不比上一场戏台子底下全是人，观众总共也就那么几个。没了先前的人群遮挡，视野变得无比开阔。程越珩站在庭中等开场。

不久之前才看过的戏，又听一遍，崔宁都纳闷他怎么就不觉得烦。

演员们就位之后，薛喆一声令下说可以开始了，谢棠率先从幕布后走出来。

崔宁低头修了几张自拍照之后抬头，忽然发现台上的女戏子长得十分惹眼。

先前崔宁看戏没走心，台上台下隔得也有一段距离，她没仔细留神看对方的长相，刚才不经意的一瞥，倒真觉得那张脸很有吸引力。

崔宁再看看身边的程越珩，突然就有了危机感。

“她唱得如何？”她忍不住问程越珩。

程越珩小时候跟着爷爷奶奶长大,二老爱听戏,他在旁边陪着一起,耳濡目染，是好是坏也心里有数。

他说：“半吊子。”

崔宁听他这语气，心里总算舒坦了点儿，但还是有些吃味：“那你看得这么入神，你是不是看上人家了？”

程越珩的手机响得及时，他往忠武祠外走，找块安静点儿的地方接电话。

崔宁不好再缠着问，不太开心地嘟了嘟嘴。她也不去听台上唱的究竟是什么了，专心盯着扮演李玉珍的谢棠，非要从那张脸上挑出点儿错处来。

冬天天黑得早，等这场唱完，外边小街上的路灯齐齐亮了起来。

薛喆拍到了想要的精彩镜头以后心满意足，戏班子里的人收到了足够多的酬劳也高兴，皆大欢喜。

谢棠把钱揣兜里，换上自己的鞋子。她很累，换下衣服跟廖小晴打了声招呼准备回家。

薛喆追上来问谢棠要联系方式，谢棠笑了笑，报了一连串数字。晚上等薛喆打过去，发现是个空号，这才明白过来自己被耍了。

谢棠解决掉前来搭讪的薛喆，心情反倒明朗了一点。看看时间，已经过了晚饭的点，她索性在路边小摊上吃碗牛肉面再回去。

她现在的家，其实也不能算作她的家，那是叔叔婶婶的房子。

对谢棠而言，不过是个落脚歇一歇的地方。

刚到家门口，黄秀的声音沿着前面的窗户缝儿飘出来，听着十分聒噪：“是该嫁了，再不嫁出去还能留着她给我养老吗？就是一养不熟的白眼狼……”

白眼狼，得，谢棠一听就知道是在说她。

黄秀是她婶，平常最爱干的事是和一群同她差不多年纪的中年妇女凑一起唠嗑。她们搜罗方圆百里的八卦，李家的小夫妻俩吵架了直接去厨房拿菜刀，吴老三昨晚在麻将桌上输了上万块差点儿把脖子上的金链子都抵给人家，还有谁家的大狗生小崽子这样芝麻大的小事也不放过。

现在她们在谈谢棠的终身大事，黄秀是主力军，旁边还有帮忙出主意的。

“我来给你们家谢棠介绍一个，男方拆迁户，分了百十来万……谢棠嫁过去准没亏，以后都享福……”

“拆迁户？你说的不会是刘二吧？刘二都四十好几了……”

“年纪大点儿有什么，年纪大会疼人……”

黄秀的音色很特别，尖一些，亮一些：“也是，到时候先安排她跟刘二见一见面。不过谢棠这丫头心气高，多半看不上人家。”

有人帮腔了：“她父母不在，你就是她家长，你同意不就得了，这些年可是你们两口子将她养大的……”

“她要不嫁，你就……”

谢棠几近麻木地站在窗户底下听着这场以她为中心而展开的策划，

手揣在兜里依然冷冰冰的没有温度，指尖都快要冻得僵硬了。

她深深地呼出一口气，看着呼出的白雾飘散在夜色里。

头顶的夜空高远辽阔，像一块交织着灰与蓝两种颜色的幕布，冷月的清辉幽静地洒在地上，铺了薄薄一层。

她身上好像背负着一张无形的巨网，将她牢牢缚住。

外面天寒地冻，她太冷了，微微蜷缩着身体，弓着背。

站了好一会儿，里面的人还没说完，谢棠想了想，决定原路折回，继续去卖扇子。

没走几步，遇到谢磊跟一帮混混。

谢磊是黄秀的宝贝儿子，从小被惯着长大的，恨不得横着走路。

这些年谢棠跟谢磊在同一个屋檐下生活，小冲突不断，但她又竭力维持着井水不犯河水的表面平静。

可惜谢磊从来不会放过任何一个机会。

“哟，这不是我们家小棠吗？”他刚从网吧出来，一身乌烟瘴气，颈侧文了一条盘旋而上的黑色的蛇。笑起来的模样跟黄秀如出一辙，谢棠说不上来具体哪里像，但母子俩给她的感觉都一样。

谢棠打算绕路走，被谢磊身边一个染黄色头发的年轻男人拦住了去路：“美女，别着急走呀……”

他话音未落，还来不及反应，谢棠已经熟练地抄起旁边人家搁在外面的竹扫帚横扫过去，打了对方一个措手不及。

谢磊乐得在一旁看戏，大笑不止：“哎哟不得了，快跑快跑，我们家小棠要发威喽！”

谢棠知道，她不能表现出一丝怯懦。她如果害怕，他们就会得意。

这是她从小琢磨出来的生存法则之一。

终于摆脱了谢磊一伙人，谢棠挑了个客流量比较多的小街安营扎寨卖扇子。正逢寒假，即便到了晚上，偶尔也还是会有人光顾。

她所在的地方是玉堂有名的酒吧一条街，这些年旅游业发展起来，酒吧文化也随之崛起，有外地人来这儿瞅准了商机开酒吧。她很少进去，觉得贼贵，比如现在她对面那家叫兰度的，就是比较有名的。

没过多久，谢棠看见程越珩从里面走出来，陪在他身边的还是白天那个女孩子。烫着卷发，模样是偏娇俏可爱那一类的，笑起来非常甜。

女孩儿大概十分喜欢他，扬起脸跟他说话时眼睛亮晶晶的，带着崇拜。

再看程越珩，和三个月前没什么不一样。

在寒冷的夜色里，谢棠竟发现自己有点儿想他，真情实意的那种。

这种情绪来得实在莫名其妙。

下一秒，程越珩就带着女孩儿来到了谢棠面前。

其实是崔宁非要过来的，第一次看见画扇面觉得新奇，要买谢棠的扇子。

“你给我画人吧，卡通版的那种，”崔宁指了指自己跟程越珩，“就我跟他。”

谢棠说：“我只会画山水，不画人。”

崔宁失望地“啊”了一声：“怎么这样……”

谢棠只好耐心地赔笑："实在是不擅长画人物，不好意思啊。"

崔宁坚持："不擅长但也还是能画对吧？"

谢棠皱起眉心。

"画不好也没关系，我照样付钱。"崔宁又说。

"那行。"既然崔宁坚持，谢棠觉得她也万万没有把生意硬往外推的道理，"不过事先声明了，就算没画好，这钱我也是不会退的，是你们硬要画的。"

崔宁说了句"没问题"。

谢棠看了一眼始终沉默着一言不发的男人，视线在他脸上停留了几秒，然后调好了颜料，捏着画笔在扇子上画了起来。

谢棠一边画，崔宁一边在旁边跟她聊天："我认得你，你是在那个什么祠里唱戏的对不对？"

谢棠点了下头。

"你卸了妆的样子更好看。"崔宁对谢棠这张脸的印象实在深刻，客套地夸赞着。

"谢谢。"谢棠扯着嘴角一笑。

"你除了唱戏平常还卖扇子吗？"

"对，唱戏的场次不够，赚得不多。"谢棠说得直白。

崔宁了然，天真的神情："那不会很辛苦吗？"她轻飘飘地抛出了一个明明知道答案的疑问。

谢棠心思敏感，从中听到了一丝隐晦的优越感。他脸上的笑容不变，坦然地说："当然累了。这不是为了生活嘛。"

谢棠说她不会画人物，果然没有撒谎，扇面上的两个小人还真被她画得有点儿丑。当然，她也掺杂了些故意的成分在里面。

崔宁接过来一看，失望地垮着一张脸。

“怎么会这样啊，这哪里能看，我有这么丑吗？”她不满地抱怨。

扇面上两个Q版小人，脸颊肉嘟嘟的女孩儿的样子勉勉强强还能入眼，真正惨不忍睹的是男人的形象，担得上“歪瓜裂枣”四个字。

谢棠说：“我告诉过你，我不擅长这个，是你非要我画的。”

崔宁看看小人，又抬头看看程越珩，像在对照：“你把我男朋友画得也差太远了，他明明长得很好看……”

她口中的称呼一说出来，谢棠一怔，眼神黯了黯。

其实崔宁自己心里也没底，无论从哪个方面来讲，她跟程越珩之间都称不上男女朋友关系。这话她以前从来没敢当着程越珩的面说出口，怕他否认，怕自己难堪。

但或许是因为今天有外人在，顾及女孩子家的面子，程越珩没有出言反驳她。这让崔宁心里又多了点儿雀跃，她语气抱怨却分明还带着一丝愉悦，指着扇面：“你看，你还把他画成了大小眼。”

谢棠笑了，嘴上继续说着抱歉却没什么诚意：“大晚上的，路灯暗，看差了。”

崔宁又说：“你怎么还往他脸上点麻子？”

谢棠故作惊讶，这会儿打量的目光终于变得肆无忌惮，仿佛真的在仔细观察程越珩那张脸上有没有雀斑。她解释：“可能是刚才的树影落在他脸上，我又看岔了。”

谢棠察觉到头顶那道压迫感极强的目光，程越珩正面无表情地看着她。

她努力表现出一副轻松的样子，耸了耸肩膀："我也是为了尽量还原人物的真实度。"

崔宁还想跟谢棠争辩两句，半晌没说话的程越珩终于开口："走了。"他的声音冷淡，又散漫，却听着让人心头一跳。

崔宁拿着扇子跟上程越珩。

走到小街街尾，她发现鞋带散了，叫住程越珩，自己蹲下来系鞋带。

程越珩点了一支烟，不禁回望。

长路尽头的谢棠仍在那盏路灯下，冬天太冷，她不断地搓着冰凉的掌心。

似乎有所感应一般，她也朝这边看了过来。

只是相隔太远，他们谁也看不清谁眼底的情绪。

05

回到落脚的酒店之后，崔宁开始用手机直播，跟直播间的粉丝们聊得火热。

她从大二那年开始成为鲸鱼网的签约女主播，真正人气爆棚火起来，也就是近半年遇见程越珩以后的事情。

粉丝们在第一时间就发现了崔宁不在家，房间的背景更像是在酒店，一个个发弹幕问得起劲。

崔宁调了调麦的位置，跟他们聊起来：“对呀，我是在外面旅游啊，不是还发了照片在微博上吗，记得去帮我点赞哟。”

“跟谁一起？当然跟家人啦……”

“对对对，外面好冷，你们还是乖乖待在家里吧，多舒服，风景我都替你们看了……”

“你们想听什么歌呀？”崔宁问，一边看弹幕一边答谢礼物。

崔宁粉丝榜上的头一位，ID叫鲁鲁，刷的礼物遥遥领先于其他人，被其他观众称为大佬。

但凡鲸鱼网有活动，崔宁需要冲榜，有鲁鲁助力她必定能在活动中胜出。鲁鲁几乎不发弹幕，每次进场送礼物，送完就不再冒泡，任何有关他的发问他从来不搭理，大家也不知道他是正在窥屏还是真的送完钱就走了。

关于鲁鲁的身份，众人有诸多猜测，但都没办法证实自己所想，只不过一致觉得，鲁鲁家里大概有矿。

由于礼物砸得多，变成了主播的守护者，鲁鲁每次进入直播间都会有醒目而且浮夸的特效提示，崔宁看见后笑得更甜了：“欢迎鲁鲁，鲁鲁晚上好呀。”

弹幕纷纷表示：“砸钱的来了，火速围观氪金现场，让我们拭目以待。”

满屏的拭目以待还没来得及刷出来，果然礼物从天而降不要钱似的往下掉。从别的直播间涌进无数人前来围观，崔宁的直播间瞬间人气爆满。

弹幕发问：

“鲁鲁你家缺清洁工吗？你看看我行不行？”

“缺捏腿的吗？”

“缺捶肩的吗？”

“缺搓澡的吗？”

“缺端茶递水的吗？”

“呵，一群舔狗……”

“舔狗舔狗，舔到最后应有尽有……”

崔宁忍笑把歌唱完了，又感谢了一遍鲁鲁，好心情地围观各种弹幕吵架，忽然带有暗示性意味地回答了一句：“他不缺哦，捏腿的、捶肩的、搓澡的，他通通不缺，有我就够了。”

众人又炸了。

弹幕发疯似的问他们是不是在一起了，主播那句话到底是在开玩笑还是在内涵什么。

崔宁心虚却又得意，只当自己没看见，接着唱起了下一首歌。

隔壁房间。

程越珩一直在开视频会议，等他终于合上笔记本电脑，郑子郸又找了过来。程越珩不太情愿地接通了电话。

“我听文霖说，你度假去了？”郑子郸开门见山地问，声音戏谑，带着调笑。

“谈不上度假，明天就回。”程越珩一边拿着手机，一边给自己倒了杯水。

郑子郸说：“我还以为你跟小情人私奔了，被狐狸精勾走了魂。”

“我哪里来的小情人？”水是冷的，喝下去一路凉进胃里，他忽然想起戏台上那抹身影，语气淡淡，“狐狸精倒真碰见一个。”

郑子鄴长长地“哎哟”了一声，接下来就是百般盘问。

只不过再多透露一丁点儿，程越珩都不愿意了，敷衍了几句就挂断电话。

第二天清晨动身回C市。

程越珩和崔宁在街口寻了家网上口碑不错的早餐店吃点儿东西。崔宁原本以为时间来得及，谁知道程越珩赶行程，她都没来得及买几件纪念品回去，昨晚还在直播间答应了粉丝们要拿纪念品抽奖送给他们的。

崔宁让程越珩陪着一起去，后者却因为严重的起床气还没散尽而不太耐烦。

小店的老板娘端着豆浆过来，看了两人一眼，眼中对崔宁的同情再明显不过。崔宁一直压抑着的自尊心好像在这一刻全涌上来。

“我们分手吧。”

崔宁说完就慌了。她跟程越珩根本没正儿八经地在一起过，哪有什么分手？

可说出去的话如同泼出去的水，覆水难收，她又该怎么挽回？

程越珩也丝毫没有给她挽回的余地，他不轻不重地点了一下头：“也好。”

他说也好，就是同意了散伙的意思。

崔宁的脸唰地白了。

在她眼泪扑簌簌往下掉的同时，小店门外传来一阵鸡飞狗跳的动静。老板娘操着一口方言大叫：“不得了了，谢家兄妹俩又打起来喽——”

谢棠跟谢磊又打起来了。

起因是今早趁谢棠刷牙洗脸上厕所的空当，谢磊摸进她房间偷东西。昨天忠武祠里发生的事情经过一晚上的传播大家都知道了，不知道打哪儿来的财神爷花了大价钱请戏班子的人加唱了一场，每个人都得了一个大红包。

谢磊最近手头紧，他是去偷钱的。

谢棠的房间很小，床、桌、衣柜，没有其他的，几分钟就能翻完。可她很会藏东西，谢磊没能顺利地翻出点儿什么来，只在一件羽绒服口袋里摸出一张二十的和几块钱零钱。

“死丫头可真能藏！”谢磊烦躁地骂了几句，一时手里的动作大了，闹出点儿响声让还在洗漱的谢棠听见了。

她脸上洗面奶的泡沫还没用水完全冲干净，擦掉眼角的水直往房间冲，当场逮住谢磊。

接着就是一场世界大战。

偏巧黄秀和谢财友两口子已经出门了，没人帮衬谢磊，谢棠也就没了顾忌。她知道，忍一次还有下一次，谢磊要是尝到了甜头下次他还敢。

她惯常喜欢抓住点儿东西当作武器，扫帚也好，门角的木棍也好，用起来都顺手。打架是这样的，甭管武力值高低，气势首先得要出来，不能输人一截，能把人唬住也是好的。

好在谢磊也就是个假把式，混是真的混，平时装得像街头一霸，但多少有点儿虚。谢棠从小没少受欺负，没少打架，多少也锻炼出来了，她要真凶起来，也能跟谢磊抗衡。

只是今天有点儿玄。

她举着扫帚猛然跑了几步，小腹蓦地抽痛，才记起来的，她生理期到了。

一般这种时候，谢磊会占上风。

但谢棠觉得，好像只要她不认输，她就能赢一样，别人就不敢再欺负她。

谢棠知道街边一定站着很多人在看戏，但是没有关系，她躲在自己铸造的壳里。她膝盖上接连挨了两脚，差点儿跪倒在地。

她想要蓄满力气再扑上去，却出现了一双手，将她拦下来，将她拖离了战场，隔开厮杀。

那是一双成熟男人的手，修长有力，骨节分明，谢棠顺着那双手慢慢往上看，对上了程越珩的眼睛。

她狼狈不已，穿着睡衣踩着拖鞋，跑的时候把拖鞋甩丢了，此刻有一只脚是光着的，白皙的脚背冻得泛紫，脸上还沾着没擦干净的洗面奶的泡沫。

她能想象出自己现在的模样有多丢人。

谢棠发誓，如果她知道会在这里碰见程越珩，她一定不会一路追着打着出门，甚至宁愿让谢磊偷钱。她现在才感觉到冷，几乎瑟瑟发抖，光着的那只脚似乎失去了知觉。

直到程越珩把她抱起来。

扑面而来的味道像冬日阳光下的雪和巨杉，夹杂着淡淡的烟草气息，熟悉又陌生，瞬间包裹住她，耳边传来程越珩的声音：“好久不见，未婚妻。”

Chapter 02

我要你以身相许

Shengshengxihuan

声声喜欢

01

三个月前。

李家曾是玉堂有名的大户人家，一路追溯上去，祖上在明清两代都做过官。李家的大儿子几年前发迹了，生意越做越大，在C市安家落户之后见老父亲一人在老家守着大宅院过意不去，于是把李老先生也接到了C市。

后来李老先生下台阶时不小心摔下楼梯，中风瘫痪在床。

今年老先生八十大寿，李家宴请宾客，儿女们知道他心中想念以前在玉堂生活的日子，特地花大价钱请了当地原汁原味的戏班子过来给老先生唱一出戏。

廖小晴收到这份邀请时正在理发店里做造型，满头的塑料夹子，一激动撑着掉漆的皮椅扶手站起来，喜笑颜开："还有这样的好事？"说着立即去通知戏班子里的其他成员。

头一个就得告诉谢棠。

廖小晴挺喜欢谢棠这小姑娘，长得漂亮，脑袋瓜聪明，透着股机灵劲儿，关键跟她聊天的时候心里还舒坦。廖小晴常常能在谢棠身上收到一两分恰到好处的奉承和温暖，她是班主，谢棠巴结她是应该的，妙就妙在谢棠说话和行动从来不会让人觉得反感。

总而言之，曾经走南闯北见过无数形形色色的人的廖小晴觉得，谢棠是个特别的存在。

谢棠正坐在屋顶上吃泡面，康师傅老坛酸菜，里面卧了一个溏心鸡蛋。屋内也是难得的安静，黄秀娘家的亲戚结婚，谢财友和谢磊也一起跟着去了，平常鸡飞狗跳的家里随着他们离开的关门声清静下来。

谢棠决定享受这一刻。

秋天傍晚的天空被夕阳晕染成很美的烟蓝色，云层的边缘被浅金色勾勒着。对面天台上那株种在旧瓷盆里的月季原本以为已经枯萎凋零了，谁知道今天见又重新焕发了生机，开出了花骨朵。

谢棠用筷子转着圈把泡面卷起来，一口包进嘴里。

廖小晴从对面楼下的理发店里钻出来，竭力仰着头：“小棠，来生意了！”

理发店的小老板说：“你该喊谢棠接客喽。”

廖小晴摘了脚底板的拖鞋反身一扔，狠狠砸过去，小老板没来得及躲开，胸前留下一个明显的灰白色鞋印子。

“泼妇啊！”小老板大叫。

眼看着廖小晴就要追上去揪他耳朵，谢棠已经抱着泡面碗跑下来了，兴致勃勃地问：“小晴姐，什么生意呀？”

廖小晴这才饶过小老板，笑眯眯地招呼谢棠过去跟她耳语，把李老先生寿宴的事情说了一遍。

小老板耍贱凑上去偷听，这次用不着廖小晴动手，谢棠率先把他一脚踢开了。

“泼妇扎堆喽！”小老板嚷嚷。

出发去C市的那天天气不太好，烟雨朦胧，谢棠收拾出来一个行李包的东西，拎上就走。她昨晚跟谢财友提过一嘴要出门，就算交代了。

这会儿时间太早，谢财友跟黄秀都还没起床，谢棠好巧不巧撞上了昨晚在网吧通宵才回来的谢磊。

两人在门口碰面，一个化了得体的妆准备出门，一个因为熬夜蓬头垢面、脸色蜡黄。

谁看谁也不顺眼。

“哟，出去啊？”谢磊张嘴就是一股呛人的烟味。不过谢棠连眉头都没皱，径直往前走，没往他身上多看一眼。

受到忽视的谢磊骂骂咧咧地嘀咕着，不知道骂了什么，谢棠没搭理。大概见她没有任何动静，谢磊接着又不甘心地吼了一句：“你不是想知道小蓉的消息吗？”

几乎是条件反射性的，谢棠的耳朵一听到这个名字，脚步就停住了。

她回头看谢磊。

谢磊得逞，把毛糙的黄色头发往后捋了一把，干涩无神的眼睛里忽然迸发出一丝光亮，期待着下一秒谢棠就过来求他。

谁料谢棠也就顿了顿，然后就走了。

谢磊气急败坏地在她身后喊：“你还有没有良心？你是不是不想管小蓉的死活了？”

谢棠潇洒地朝他挥了挥手，心想，要是再信你，我就是个傻子。

你大声喊了三遍狼来了，猎人也就不信了。

从小到大，谢棠被骗的可不止三次。

清晨出发，戏班子一行人到达C市时已经快正午。

李家的老宅邻近市郊，在C市穹云山的半山腰。听说那一带几十年前是穷乡僻壤土匪窝，后来却成了寸土寸金的富贵地。现今住在那里的人家，都是赫赫有名的。

谢棠额头抵在车窗玻璃上，一路看着公路两岸的风景，大片暗绿色的常绿樟栲林在秋雨中寂静地驻守着，乌云渐渐聚拢，天好像要塌下来一样。

道上车辆很少，只有他们这辆黄色小中巴车孤零零地在路上行驶着。

车里倒是很热闹。

车内空间小，大家坐得拥挤，你挨着我我挨着你，七嘴八舌地讨论着李家老爷子的事，还有李家儿孙们那些传得真真假假让人分辨不清的绯闻。

几个人里头还有从来没来过C市的，好奇得紧，商量着等在李家唱完戏之后一起出去玩。

有人撞了撞谢棠的胳膊，问她："一起去？"

谢棠回过神来，问："去哪儿？"

"西宁街呀。"这是比较有名的去处，大家都知道的。

从穹云山的李家去西宁街，开车至少得四十分钟，太远了。谢棠不想折腾：“不去了。”

“去嘛去嘛，”旁边的女人拉她的手，“难得过来一趟，多好的机会，不去太可惜了。”

长时间坐着没法活动，谢棠双腿屈着伸展不开，有点儿麻了，她揉了揉小腿肚：“不去，没什么好玩的。”

“你怎么知道？你都没去过，就说不好玩。”

“我去过。”谢棠说。

“什么时候？”

“小时候。”她含糊地说。

“真的假的？”对方不太信。

大家都是一个地方长大的人，家也相隔不远，也算相互知根知底的，这车上的每个人都知道谢棠的家庭情况特殊，她是跟着叔婶一家生活的，黄秀对谢棠苛刻，当年带着谢磊去趟游乐场也不一定会捎上谢棠，何况带她去 C 市。

谢棠捏了捏肩膀：“西宁街入口第一家是个火锅店，火锅店旁边挨着书吧，书吧进去其实是家酒吧。晚上不下雨就会有两兄妹在火锅店斜对面的地铁口卖唱，哥哥唱得最拿手的歌是《红日》，妹妹只会捣乱唱《小邋遢》。”

其他人听得惊讶，只有副驾驶座上的廖小晴表情没有多大的变化，回过头来叮嘱：“到了李家都给我注意点儿，只管唱好戏，做好自己本分的事就行，别给咱卿歌戏班子丢脸面、砸招牌。”

有几人面面相觑，谢棠把下巴搁在撑起的手掌心上，又转头去看风景。

李家负责接待他们的人比想象中要热情许多，彬彬有礼，茶饭招待周到，没出一点差错。

唱戏要到晚上，天黑以后，廖小晴跟两个嘴甜会说话的戏班子成员去见了李家的主人，谢棠没在其中。她在厅堂里坐了会儿，感觉到闷，就出去透气。

李家占地面积很大，她方向感不好，兜兜转转，没多久就找不到回去的路了，结果是廖小晴先找到她，拉着她就走。

“你跑哪儿去了，我到处找你！”廖小晴气喘吁吁的。

“找我干什么？”谢棠疑惑地问。

她说话时偏了偏头，一头长发如瀑披散在背脊上，有几缕顺着脸颊滑落。带着点儿疑问的眼神在雨雾天里看上去蒙蒙眬眬的，跟加了层滤镜差不多，总有种说不出的好看。廖小晴也忍不住多看两眼，看完又在心里叹气，觉得谢棠这张脸也太容易给她招惹麻烦了。

这不，事情就找上门来了。

“李老先生要见你。”廖小晴说。

“见我？”谢棠仍然没听明白，“见我干什么？”廖小晴不是带着两个嘴甜会来事的去打过招呼了吗，没有理由特地再把她叫过去。

廖小晴没再说话，意味深长的眼神让谢棠看不太透，她替谢棠理了理头发：“问那么多干什么，你跟我走就是了。”

与此同时，谢棠衣服口袋里的手机连着响了好多次，掏出来一看还是谢磊在纠缠，谢棠干脆把他拉进了黑名单。

前面的廖小晴脚步慢了下来，谢棠浑然不觉，踩着了她后脚跟，鞋子直接掉出来。廖小晴一个踉跄，谢棠这下倒是眼疾手快地去扶廖小晴，反被廖小晴揪了一把：“死丫头，你走路不看路啊！”

谢棠吃痛，将手机塞回口袋。

廖小晴郑重其事地说：“待会儿见了人，机灵点儿。”

谢棠点头。

她们上了层台阶，往走廊尽头的一间房去。

还没敲门之前，隔着厚实的门板，谢棠就闻见了一股浓郁的中药味，清唱的《江南小调》幽幽地往外飘。

听得谢棠心里头一阵诧异。

廖小晴已经推开门，带着她走进去。

面前竟还有一道高高的门槛，谢棠不留神差点儿被绊倒，药味混合着香熏味异常汹涌地扑鼻而来。

眼前的房间布置得像上个世纪官宦人家的卧房，与李家其他的装饰布局格格不入，偏偏就这样突兀地存在着，没有人敢质疑。格子窗，太师椅，最惹人注目的是中央占地面积很大的三檐六柱镂空立体雕花大木床。白床帘分向两边被黄铜钩子吊起，床上的被子向上突起，床头靠坐着一个老人。

谢棠对上那双混浊的眼睛。

那双眼睛看她的时候让人感觉不太舒服，很快，她移开了视线。

她不自觉地往廖小晴身边靠近半步，向后躲了躲。她知道这就是大家口中的李老先生，这副模样，与她想象中德高望重的人物截然不同。

房间里有李家的大儿子李远瞻和二女儿李莹然。站在床前唱《江南小调》的陌生女人看上去年纪不大，跟谢棠差不多，歌声已经停歇，她似乎正在犹豫还要不要接着唱下去，直到老人摆摆手，她就如蒙大赦般走了。

廖小晴将谢棠介绍给李家人。

李莹然揽着谢棠的肩，将她带到床前，对老人说：“你不是要听人唱戏吗，现在把主将给你请来了，玉堂的，原汁原味的。”

当场清唱，谢棠平日里也不会放不开，只是今天这环境总让她感觉到有点儿别扭。

离床沿站得越近，那股药味就越浓，其中还夹杂着股怪味也越发明显。谢棠犹疑不定，廖小晴朝她使眼色催促着。

今儿她不唱，大概不好走。

谢棠只好转头面对床上的老人，闷声询问：“老先生想听什么？”她的视线依旧不敢落在那张褶皱的布满老年斑的面孔上。

“你……”先是冒出来好长一段气音，再艰难地挤出一个字，听得觉得十分费劲，如同跋涉了远路突然停下来一时还缓不过来的人又张了张嘴，“你最会唱什么？”

谢棠答：“《收姜维》。”

她原本在忠武祠里唱得最多的就是《是我错》，唱得最多，自然也就最擅长。但她多了个心眼儿，寻思着一般老先生们都爱听家国天下经典传奇胜过那些儿女情长的桥段。

老先生点了下头，意思是让她开始。

谢棠清了清嗓，唱了起来：“四千岁你莫要羞愧难当，听山人把情由细说端详。想当年长坂坡你有名上将……”

她眼睛平视前方，看的是白墙上虚无的一点，因而没看见床上的老人在摇头。直到李家的二女儿李莹然抬手阻止，谢棠才发觉，立即收了声。

谢棠问：“怎么了？”

老人摇头，缓慢地说：“听不见。”

谢棠不明白，这说话都能听清，唱曲儿怎么会听不见。

李莹然跟她说：“你离得近一点。”

谢棠往床头的方向挪了一步，继续张口接着方才断掉的地方唱：“如今你年纪迈发如霜降，怎比那姜伯约血气方刚？”

老人再次摇头。这次谢棠瞧见了，她主动停了嘴，微微弯腰低头询问：“您还是听不见吗？”

尾音未落，被褥之中伸出一只枯瘦干瘪的手牢牢拽住她的几根手指，攥在掌中揉捏了两把。

谢棠顿时惊起一身鸡皮疙瘩，将手往回抽。

老人的力气并不小，她第一个动作竟然没能成功挣脱。

肩膀被人压了一记，谢棠怔怔回头，是李莹然将手搭在上面，一脸轻松仿佛没有看见眼前无声的拉扯与争执，什么也没有发生。

“怎么不继续唱了？”李莹然若无其事地问谢棠。

谢棠的眼睛望向屋内其他几个人，全装聋作哑，熟视无睹的模样。她强忍住那股恶心，覆在手背上像黏虫一样甩不开的老人的手已经开始往她的袖口里探入。她压抑住快要爆发的情绪，不怒反笑：“这让我怎么唱？”

“好热闹。”一道低沉的男声横插进来，带着几分戏谑的意味。

半掩的房门被彻底推开，门口不知什么时候站了个陌生男人，也不知道他已经将这场闹剧看了多久。他穿铁灰色西装，很高的个子，一双深邃的眼睛含笑望过来，视线定格在谢棠被握住的那只右手上，眉头向上挑了挑，还朝床上的寿星公轻松打趣：“老先生好兴致。”

谢棠顿时将这人划分去了李家那方阵营，心道，一丘之貉。

估计是大有来头又与李家熟识的人物，李远瞻与李莹然虽然比来者年长许多，却主动迎上去打招呼，十分热情。

“你刚才是不是捡到了一支钢笔？”男人转过头问谢棠。

谢棠一怔，对上他的眼睛，才明白过来他在问自己。

“笔身纯黑色，笔盖上有条金线。有人说看见你捡了。”他语气笃定，跟亲眼所见差不多。

谢棠被说得云里雾里，她没捡到什么钢笔，又怎么会有人看见她捡了？不过转瞬，她又明白过来，顺着他的意思说下去：“是我捡了，看着很贵重就先收起来了，准备等下托人去找失主的，钢笔现在放在我外边的一个包里。”

男人点了点头，客气地说：“劳烦带我去拿。”

谢棠感觉到缠在手上的桎梏松了，老人终于放开了她。她不动声色，领着陌生的男人走出这间烂淤泥潭似的屋子。

谢棠感觉得到身后如影随形的压迫感，男人落后她半步，两人的脚步声几乎重叠到一起，她听在耳朵里，又多了分说不清道不明的紧张。长廊外嘈杂的人声被远远隔开，不复存在，眼前这方天地就剩下她与他两个人。

秋风席卷着庭院中的落叶在半空飞舞，一点碎屑飞扑进谢棠眼中，她慌忙眨了下眼睛，刺痛的感觉立即催生出了泪意。

停下脚步，面前的景象变得模糊，她眼眶通红，两行泪珠子连成串直往下掉。

程越珩一低头，看到的就是她这副模样。

“怎么哭了？”他声音困惑。

谢棠没来得及解释说眼睛进了东西，他心里已经有了答案，多半因为刚才在老人卧室发生的事情。他惯常不太会安慰人，也没那个耐心，这会儿又或许只是心情好，他顺手摘掉了嵌进她发间的泛黄梧桐叶，指间带起了几根细软的长发。

“别哭了。

“以后学着机灵点儿，女孩子太容易吃亏了。”

谢棠一边揉着眼睛，诧异地仰头看他，蒙眬泪眼中映出一张英俊清秀的脸。檐外的天幕上堆叠着面粉团发酵似的云朵，天光暗淡却轻柔，连同他说话的语气，一并不可思议地变得温和起来。

02

廖小晴在竹林旁找到了谢棠，叫她。

第一声谢棠没应，手里折了根树枝在地上挖洞，老半天也只刨出来一个小坑。

“生气了？”廖小晴走到了跟前。

谢棠不能再装作没听见，口是心非道：“没生气。”

“没生气我打你电话你不接？”

“手机没电了。”刚说完，手机发出收到微信的提示音，像要故意当面揭穿她。

廖小晴笑了笑：“还说不生气呢……怪我把你带到老先生房间去？”

“他也配称老先生，就该叫老不死的。”谢棠扔掉树枝，拍拍手心站起来，“还有他的儿子女儿，都不是什么好东西。”

廖小晴深表赞同：“你总以为玉堂是个淤泥滩，可外面的世界又能有多好？多的是豺狼虎豹。”她笑了笑，“今天这事儿还真不能怨我……李家老头儿要看我们的演出照片，我从手机相册里面翻出来几张给他看，他一眼就相中了你。这不，说要亲眼瞧瞧，一辨真伪，看是不是真有照片上那么漂亮。”

廖小晴说着给谢棠递了一支烟。

谢棠接过来，这就表示真的不生气了。她最识时务，只要还想在戏班子里混下去，就真没必要同廖小晴置气。

再说，也确实犯不上。

“你刚刚……”廖小晴回忆了一下当时的情形，“要是使了狠劲也是能挣脱开的，分寸都掌握在你自己手里。”

“是。”谢棠点了下头，“我知道，只是见老头儿还瘫着，不敢使大了劲推，要出了什么事，李家要赖上我可怎么办？我难道搭上后半辈子伺候他？”这毕竟是人家的地盘，不是在玉堂。

到了别人的地界上，得悠着点儿，吃亏是小，要闹出了大问题那才叫麻烦。

廖小晴听了但笑不语，吐出个烟圈。

“不过……在房里替你解围的男人，你认识吗？”廖小晴突然问。

谢棠摇了摇头，没有向他道谢，连他的名字也忘记了问。

“那是个大人物。”廖小晴看着谢棠，半真半假地问，“他为什么帮你，会不会是对你有意思？”

谢棠语气淡淡：“可能人家只是心情好了，随手帮一把。”

“你年纪小，倒是也看得明白。”廖小晴作为过来人感慨，忽而有点八婆地问谢棠，“你谈过朋友没有？”

谢棠笑了笑，廖小晴神情暧昧地往她身边挤，鼻尖闻到的香水味霎时间浓郁起来。谢棠守口如瓶不太愿意提，以前干过的蠢事没什么好说的。

“你长成这副妖孽样，在学校读书的时候就祸害过不少人吧？”廖小晴不罢休地问，“我还真想象不出以后跟你结婚的是怎样的人……结婚的时候可别忘了请你小晴姐啊。”

漫无边际不着调地说着关于未来的事，谢棠有种不真实的感觉，莫名想起前一阵黄秀给她介绍的相亲对象，一个来玉堂旅游的摄影师，爱穿皮夹克，留一撮山羊胡子。对方不知给了黄秀什么好处，黄秀把人当宝，硬要把谢棠介绍给对方认识。

谢棠知道，以后这样的事情也不会少。

晚上唱戏是在一处水榭楼台。戏台立于水中央，早已经立秋，水面上居然还有亭亭玉立开得正好的荷花，听说是从别处临时移植过来的，肯花钱就能办到。戏班子里不知是谁感慨了一句有钱能使鬼推磨。

谢棠没参与他们的讨论，低头看了眼桌面上的手机，谢磊这次给她发了张照片。

照片拍得有点儿模糊，上面是个年轻漂亮的女孩儿，仔细看，眼睛和鼻梁跟谢棠生得有点儿相似。

谢磊：“我没骗你吧？我真的看到小蓉了。”

谢棠：“哪儿来的照片？”

谢磊：“你求求大爷我。”

谢棠：“是真的是假的还不一定，你说她是她就是？”太多年没见，连谢棠自己也没办法轻易确定照片上的人是不是真的谢蓉。

谢磊：“还能是假的吗！你看看你俩长得多像。”

谢棠：“长得像的人多了去了。”

她回复完这句，再次把手机调成静音，放进旁边的大衣口袋里。面上虽然不显，心里其实在思量谢磊说的话到底几分真几分假，会不会他真的遇见谢蓉了？

还有五分钟就要登台。

谢棠收敛心神，把戏服上压根儿不存在的褶皱抚平，暗暗告诫自己演出可别出什么岔子才好。虽然李家的寿星公是个祸害，但戏还得好好唱，不然这桩生意就要黄了，钱还是要赚的。

谢棠一贯是不紧张的，但那是在玉堂，在忠武祠。等第一句唱完，她感觉自己的尾音颤了一下，再装作不经意地去看台下观众的反应。

自我安慰，不会有人发现的。

这里大多是门外汉，也不见得听得有多认真，只不过图个热闹，做做样子，应景而已。寿星公坐在轮椅上，还真装得像那么回事。

谢棠的视线转到另一旁的宾客席上，她又看见了他，下午在老头儿房间帮她解围的男人。

他在跟旁边走过来的男男女女寒暄，偶尔喝一口酒，悠然自得，脸上挂着淡笑。任凭谁都看得出那是应酬时的客套笑容，却让谢棠有点儿恍惚。

戏文里的唱词早已经烂熟于心，她渐渐投入，紧张的情绪也消散了大半，只是眼睛几乎不受自己控制地往那一处座位上偷瞄。隔着面前波光粼粼的水面，皎洁的月色和暖黄的灯光交融，对岸人影摇曳。

夜里气温低，众人下了台就去换衣服，还要一起去寿星公面前敬杯酒，走个过场。谢棠见人多，漏掉她一个应该问题不大，磨磨蹭蹭地跟在队伍最末尾然后溜了。廖小晴看在眼里，想想下午发生的那点儿破事还是决定睁一只眼闭一只眼算了。

晚上还没吃东西，肚子是空的，谢棠首要任务是找吃的。她装作是李家的客人，去宴席上随便拿了些甜品，拿完就撤。

闲逛的时候看见几棵乌桕树，比忠武祠里栽的要小一些，但形状更漂亮规整，是经人修剪过的。叶子橘红，落在地上像铺了层地毯，她嘴里咬着千层蛋糕，围着乌桕树转圈，有节奏地踩着落叶发出咔嚓咔嚓的响声，像一个人在跳舞。

树旁边是座矮假山。谢棠自娱自乐地走了两圈之后隐约听见有说话声，两个男人朝这边过来了，似乎就在假山后。

声音越来越清晰：

“李家的孙女回国了，李家人正着急把她嫁出去。虽然没摆到明面上来讲，但大家心里都清楚今天这个寿宴其实是李家人在相看合适的人选。”

谢棠不慎听见这一句，稍微挪动步子脚下的树叶就会发出窸窣的响声，别人一定会发现她，想想也尴尬，她进退两难待在原地没有动。

响起的还是方才那道声音：“昨晚一掷千金把半个锦花城包下来给一对小白脸庆生的就是这位李家姑娘，你没听错，就是一对，两人，双胞胎，都是李姑娘的人……她才回国就闹这么大阵仗，这做派，是不是配你程越珩刚刚好？”

说的人十分来劲儿，都快手舞足蹈。

听的人意兴阑珊，半晌，才有声音回应：“不合适。”

“怎么不合适了？”对方问。

“我跟李姑娘不是一路人，”男人说，似乎笑了笑，“我这个人其实很钟情。”

“我真的吐了，臭不要脸。”

“您好，请问您需要什么帮助吗？”谢棠背后突然传来声音，一个打长廊经过的服务生见她站在乌桕树下许久没有动，好心地询问。

这声音不大不小，谢棠听得见，假山后的两个男人也听得见。

他们从假山后面走出来。

谢棠明显感觉到投注于自己身上的目光，无形之中有了心理压力。她硬着头皮跟服务生说：“麻烦你帮我把这个拿回去。”她随意找了个借口将人打发走，手上正好有个盛放了甜品的陶瓷小碟。

等服务生一走，郑子邺就开始朝谢棠发难：“小姑娘，你偷听我们两个大男人说话呢？”

“我没有！”谢棠立即否认。

“当场逮住你，还想狡辩？”郑子邺不依不饶。

“是我先到这里来的，你自己说得起劲，我也不是故意要偷听的。”

“这么说还是我冤枉你了？”

“行了，”一直没出声的程越珩示意郑子邺闭嘴，“别逗她了。”

郑子邺说话露骨：“哟呵，我调戏人家小姑娘，怎么还碍着你的事了？”

程越珩看了看谢棠说：“是认识的。”

原来他还记得她。谢棠心里不可抑制地变得雀跃起来。

郑子邺指着程越珩，转而问谢棠：“你们真的认识？”

谢棠点头。

郑子邺又说：“那你告诉我，他叫什么？”

这下谢棠说不上来了。

“我姓程，程越珩。”她身边的人再次适时地替她解围，“路程的程，超越的越，王行珩。”

“记住了？”他问。

谢棠下意识地点头。

“我还有事，先走了。”程越珩说。他走之前，还不忘将损友郑子邺一并捎走。

03

“小蓉被人打了，要不要管都随你。”

谢磊就跟只苍蝇似的没停止过对谢棠的骚扰，这是他发过来的第二张照片，主人公跟前一张里的是同一个人——长相看上去跟谢棠有几分相似的女孩儿。照片依旧拍得模糊，女孩儿蹲在地上，用手臂护住脑袋，可见正在遭受什么。

谢棠一看，再没有办法镇静下来，尽管她并不太确定对方是不是谢蓉。

“你帮她，别让人欺负她。”谢棠跟谢磊说，随后用微信转账了一千块钱过去。

谢磊说：“不够。”这可是敲诈勒索的大好机会，他怎么会轻易放过？

谢棠又转了一千块。

“再多就没有了。”

虽然谢磊收了钱之后答应会出手帮忙，谢棠仍坐立难安，心里不太踏实。她又翻出照片看了两眼，去找廖小晴说明了情况，决定先走一步，一个人提前回玉堂。

谢棠从戏班子的小中巴后备厢把廖小晴的小电驴搬出来，出了李家的大门，沿着公路下山。

夜色沉沉，道路两旁茂密的树木隐没在黑暗中。

许久过后碰到分岔路口，左边的道路口立着一块路障牌，上面写着：前方道路施工，请绕道。

谢棠急着赶路，没有留心看，她照着导航走最近的路线，无视路障牌依旧往左去了。

不知过了几个弯道之后，前方的路面上赫然躺着一辆被撞翻的黑色轿车。

谢棠心里一跳，赶紧刹车让小电驴停下来。

黑色轿车里爬出一个人，跌跌撞撞向前走了两步，又因为体力不支而停下来。他的头部受了伤，鲜血沿着额角蜿蜒地往下流，小电驴的车灯将他的脸照得一片惨白。

谢棠认出来他是谁。

分开时他云淡风轻地说“我还有事，先走了”，谁会想到一个多小时之后他们就又见面了，还是以一种这样惊悚的方式。

“程……程先生，你还好吗？”谢棠跑过去将他扶住，触摸到冰冷的西装，一手濡湿，黏稠的红色液体带着血腥味，他的左肩被玻璃划伤了。

谢棠思索这样前不着村后不着店的地方叫到救护车的概率有多大。

程越珩实在提不起神，整个身子半弓着，将头倚在她的肩窝里：“你带我下山。”

沉闷的呼吸扫在谢棠的皮肤上，命令式的语气一点也不像有求于人。

谢棠却没办法放任不管，费力将他扶坐在小电驴上，也顾不上其他，将他的一双手牢牢环绕在自己腰间，回头看了他一眼："抱紧了。"

那晚谢棠载着程越珩去了山脚下最近的一家医院。

私人医院规模不大，但好在设备齐全，医护人员耐心负责。程越珩主要伤在头部和肩膀，所幸伤口没有太深。缝完针后从手术室出来，他躺在病床上闭眼休息，整个人透着一股与他十分不相符的脆弱。

程越珩睡过去之前让谢棠替他拨通了孙文霖的号码，几句话就交代清楚了，然后告诉谢棠说："我的助理赶过来还需要一段时间，在他来之前，劳烦你先照顾我。"

他说得实在理直气壮，竟让谢棠无言以对，一时忘记了拒绝。

可她还得赶回玉堂。

来电铃声突然响起，谢棠下意识地捂住手机站起来，有些紧张地去看病床上的人的反应，怕吵到他。

谢棠去外面走廊接电话。

那头是个稍显稚嫩的声音："姐，磊哥发给你的照片是假的。"就说了这么一句，然后匆匆忙忙地挂掉了。

对方是跟在谢磊身边混的一个男孩儿，还没坏到骨子里，以前他遇到麻烦的时候谢棠出手帮过忙，他还记着，这次算他还谢棠的人情。

知道照片是假的，真正的谢蓉没有出现在玉堂，也没有被人欺负，这个认知让悬在谢棠心里已经一晚上的石头终于落了地。

她打了瓶热水回病房,看一眼时钟发现已经午夜十二点。万籁俱寂,房间里没半点儿声响,她放轻脚步走近床边,稍微调慢了点儿输液速度,替床上的人捏了捏被角。

睡梦中的程越珩仿佛对一切一无所知。

病房里还有另一张空床,只是没有被子,谢棠看着面前冷冰冰的白色床单完全没有躺上去休息的欲望,挪了挪凳子,干脆趴在程越珩的床边休息。

她眼皮耷拉下去,迷迷糊糊地睡着了,后来孙文霖过来了,她也没醒。

只是梦里隐约有扰人的说话声响起,忽远忽近,让她分不清究竟是梦境还是现实。

“车被动了手脚,刹车失灵了……”

“岔路口被放置了路障牌,如果不是谢小姐误入,你今天晚上应该不会遇见任何人……也就是说,在手机又摔坏联系不上外界的情况下,你只能……”

“我只能自生自灭,”那道声音低了下去,“生死由命。”

谢棠醒来时发现自己躺在床上,身上盖着带有消毒水气味的被子。

病房里关了灯,外边天还没有完全亮起来,可视范围非常有限。她有些迷糊地坐起来,看见了睡在另一张床上的程越珩,只一个模糊的轮廓。

谢棠嗓子干得厉害,放轻动作下床去柜子前倒水。她端着一次性纸杯喝了几口,发现点滴架上是空的,吊瓶已经被护士取走了。

大概人刚睡醒还有点儿蒙，胆子也比较大，她弯腰凑近了雪白的枕头，离程越珩的脸只有三四厘米的距离。

她第一次这样无所顾忌地看他，眼神赤裸，没有丝毫的掩饰。

以至于程越珩突然睁开眼睛时，她没有半点儿心理准备，只能呆愣愣地与他对视。

“你看着我做什么？”他的声音又低又哑，听起来却没有睡意。

谢棠不自然地将目光与他的错开：“你装睡？”

程越珩无声地扯着嘴角笑了笑，也不否认。谢棠手腕撑着床边站起身准备离开，被他握住手腕：“话还没说完。”

怕牵动到他肩膀上的伤口，谢棠顺从地蹲了回去。

“昨天晚上是我救了你，把你送来这家医院的。”她说。

“确实如此。”

“滴水之恩当涌泉相报，何况我救了你的命？”

程越珩笑：“我在李家帮你解围的时候，你怎么不提报恩的事？”

谢棠眼神闪烁，是她心虚的表现，嘴上却逞强：“事情一码归一码，不能相互抵消的。”

“有道理。”程越珩竟然没有揭穿她。

他问她：“你想要什么？”语气认真，似乎真会报答她的救命之恩。

她想要什么？

一瞬间，谢棠的脑海里有许多纷杂的记忆冒出来。

她想起过往二十多年在玉堂生活的点滴，想起自己卖完扇子走夜路回家抬头看见天上的月亮，低头时只有她一个人的影子；想起谢财友一家人，想起谢磊嬉笑着说我妈已经在给你物色对象了，正着急把你嫁出去祸害别人家；想起学戏时自己对着镜子一遍遍比画时突然红了的眼睛；想起看过的那些话本子，又想起那些才子佳人红尘万丈金风玉露一相逢的故事。

可能这样静谧又昏暗的环境给人以安全感，她什么都敢想，什么都敢说。

“我想要你以身相许。”

慌乱中，手臂误触了墙上的电源开关，“啪嗒”一声，强烈明亮的白炽灯刺得人眼睛生疼。

谢棠像是突然跌入谷底，清醒过来。

这话她不该说的。

连廖小晴都说，这位程先生看着不像普通人。她不该贸然妄想同他扯上关系，想要借他的手从烂泥潭里挣脱出来。

程越珩不会是她的救命稻草。

“对不起，我开玩笑的。”谢棠笑着说，“你给我钱吧，你看起来不缺钱，就看着给就行，给多给少随你。”

态度转变太快，连程越珩也有些诧异。

他打量她。

程越珩见过的美人不少，但也就遇到了这样一个独一无二的谢棠，看起来哪儿哪儿都合心意。

人的情绪再怎么掩饰，却往往容易在细节上暴露。她抓住床沿的手绷得很紧，细小的青色血管在白皙的皮肤下淡淡显现出来，指甲盖上涂的颜色像熬烂了的红豆，弯曲的食指扣着大拇指根上的薄茧。

程越珩捏着她一点下巴，果然感觉到她连下颌骨都是僵硬的。

她很紧张。

“钱包掉在车里了，我还是以身相许吧。”程越珩也如同在开玩笑。

轻率、随意，就像她一时兴起般提出了要求，他也心血来潮接受了提议。

“程先生也是在说笑？”谢棠问。

程越珩却说：“我字字认真。”

天光大亮以后，孙文霖办好手续准备给程越珩转院，再次进病房时房间里只有程越珩一个人。

他左右看看，洗手间的门开着，却没有谢棠的影子。

“谢小姐呢？”孙文霖问。

程越珩说：“找医生去了。”

“我从医生那儿回来，没碰见她。”

程越珩猛地朝他看过去，像是忽然意识到了什么。孙文霖不太明白他这突如其来的情绪，问：“怎么了？”

“没什么，人估计跑了。”过了会儿，程越珩才说。

两人的口头承诺草率地互定了终身，她大概过后想来太冒风险，一寻思，就先溜了。

被程越珩误以为偷偷溜了的谢棠正在大马路上捡橘子。

她找医生问程越珩的情况，听到旁边的护士说新开的粥铺味道很好。谢棠想起程越珩挑剔食物的样子，他早上就只喝了点儿豆浆。

谢棠问清楚了粥铺的地址打算过去买粥，路上遇到水果撒了一地的小贩，驼背的老爷爷年纪大，弯腰都困难，她和一个背着书包去上学的男孩儿过去帮忙。

等她再赶回医院，人去房空。

他不久前才说的，“我字字认真”。

一转头，撇得一干二净，连个联系方式也没留。

从此天南地北，人海茫茫，或许这辈子连见面的机会都不再有。谢棠靠着医院的白墙发现手里的山药小米粥温度刚好，她自己一口一口吃了。护士没骗人，这家的粥味道真的特别好。

可她吃着吃着，还是难过起来。

Chapter 03

是我贪图她的美

S h e n g s h e n g x i h u a n

声声喜欢

01

三个月后，陪着崔宁来玉堂旅游的程越珩与谢棠重逢，两人各怀心思，见面相识却谁也不说认识谁。直到谢棠与谢磊当街打架，被程越珩抱着脱离了战场。

有些误会，直到三个月后的今天才解开。

三个月不久，却恍若隔世。

他们短暂地相遇过，很快，又重新回到各自的人生轨道上，与对方再无交集。

如今谢棠提起这一段也觉唏嘘：“我没跑……帮老人家捡橘子去了，人家小朋友赶着去上学都停下来帮忙，我脸皮再厚也不好意思装作没看见……”

“你倒是热心肠。”程越珩不知是真夸她还是假夸她。

谢棠不太服气，得为自己争辩一句：“我耽误时间的主要原因其实是去给你买粥，跟捡橘子关系不大。那家粥铺离医院还挺远的。”

意思是，希望你分清主次。

我为你跑腿买早餐，路上稍微花了长一点的时间，回来你就没人影了。

到底是谁突然跑了？

程越珩听出来她话语中的怨气，笑道：“这是在怪我？”

不等谢棠回答，他又说：“的确是我不对。”

他这么好说话主动承认错误，谢棠反而不太好意思起来。要接着叙旧，现在也不是好时机，她生理期作祟，腹中绞痛，再低头看看自己睡衣胸前的大朵牡丹花，又俗又艳。

以前穿着也没觉得有多难看，如今站在程越珩面前，简直无地自容，连乱糟糟的头发丝儿都想藏起来。

“我……先进去换衣服。”

她走两步回头，像想起什么要交代，却欲言又止。

程越珩站在巷子里看她，猜中她的心思：“等你出来再说，这次不会一声不吭就走了。”

谢棠抿着嘴笑了笑。

“你要不要进去喝杯茶？”她问。

程越珩摇了下头：“不麻烦了。”

谢棠换了身衣服，还快速化了个淡妆，出来看见程越珩连着接了两通电话，果然很快听见他说：“我有点儿事情要办，现在就得走。”

谢棠没想到会这么仓促。

“你手机给我。”程越珩说。

谢棠解了锁递过去，程越珩在上面按下一串数字，保存好：“我的联系方式给你了，有事打电话给我。”

“有事打电话给我”，听着分明只是句客套话。

他却好像非要看到她点头，有些固执地望着她。

谢棠只好答应：“知道了。”

“我送送你。”谢棠说。

两人刚要走，黄秀拎着大桶的衣服跨过门槛出来，她原本打算使唤谢棠干活儿，一看谢棠旁边还站着个身材高大挺拔的男人，一时忘记了要说的话，瞪大了眼睛像要在程越珩身上盯出个窟窿。

程越珩坦然，朝黄秀微微一点头示意，错身走过。谢棠刻意绕到他右侧，隔开了黄秀打量的视线。

程越珩是自驾游来的，车停在玉堂最大的一个停车场里。他初来乍到，对路线不熟悉，谢棠带着他抄近路走。

头顶稀薄的日光落在窄巷里的灰白石壁上，蜡梅树的花叶上积着昨夜的雨水，闪着微光。谢棠避开两处水洼，没话找话聊：“这次来有没有玩得尽兴？”

程越珩模棱两可地说：“还行。”

谢棠见他反应平淡，没有多少留恋的意味，估计不会有下次再来的兴致，心里多了些说不出的失落。

“冬天是旅游旺季，大家都来看梅花，等梅花不开了，来的人渐渐就少了。”她说。

“唱戏的场次是不是也少了？”程越珩问。

“倒也没有，上头安排的，人多人少都这么唱。”

“闲的时候去画扇面卖？”

“嗯。”

谢棠想起给他画的扇面，当时见他身边带着年轻漂亮的女孩儿，又一副全然将自己忘了的模样，她因心存嫉妒和种种不甘，故意将小人画得很丑，也算对他小小的报复。

想到这里，谢棠沉默了。

程越珩来的时候是两个人，与身旁人亲密如同情侣，现在他要走，一个人开车回去，丝毫未提及同伴。

有些事情，谢棠想问，但又觉得没有立场，终究还是没有开口。

停车场就在不远处。

谢棠从布袋里拿出一小瓶梅花酒送给程越珩，天青色的瓷瓶，瓶身上贴着标签，上面是手绘的一枝梅花。

“我自己酿的酒，味道很清淡，不醉人，你回家再喝。”

程越珩接过来，跟她说谢谢。

“路上注意安全，开车慢点儿。”

谢棠不再往前走，送君千里，终须一别。

她朝他摇摇手，露出笑容：“再见。”

谢棠走出去老远没回头，拐了个弯以后掏出手机，把通讯录从头翻到底，终于看见了一个陌生的新号码，程越珩给他自己留了三个字的备注——未婚夫。

谢棠看着看着，握着手机笑起来。

她捉摸不透程越珩的意思，口头婚约算不得数，可这一刻的开心是真的。

02

黄秀想起在家门口看见的高大男人，心里不是滋味，怕谢棠真勾搭上了富贵人家，一溜烟儿跑了。那他们家这些年来对谢棠的养育之恩算什么？

捞不到一丁点儿回报，太亏。

等谢棠回来，黄秀就跟她打听起了程越珩："他是哪里的，干什么的？看着像有钱人，说不定是装的，你可要留个心眼儿，现在骗子太多了。"

谢棠笑，故意吓唬黄秀说："他就算是骗子，我也要嫁给他。"

不等黄秀骂她鬼迷心窍，她用脚把房门一钩，隔绝了外面的噪音。

一圈一圈搅拌着杯里的红糖水，谢棠拥着被子坐在床上，时不时看一下手机通讯录的界面，她把未婚夫的号码置顶。

廖小晴给她打来电话："明晚魏翔请客，你得来陪我喝酒，我一个人应付不了。"

谢棠说："小晴姐，这次我大姨妈是真的来了，肚子疼，喝不了。"

魏翔是玉堂的地头蛇，底下带着一群混混，平时不务正业，就想着收保护费。他跟谢磊这种装腔作势的混子又不太一样，是真的有权有势，让人忌惮，不得不给他面子。

谢棠酒量好，以前廖小晴就喜欢带着谢棠赴约，要是谢棠不在，廖小晴心里反而不踏实了。

电话里又是好一阵央求。

"班子里的人都会去，你也过来，到时候别喝酒就成了。"

谢棠只好暂时应下。

第二天晚上在小酒楼聚餐。

廖小晴领着戏班子众人依次给魏翔敬酒，谁也没注意，谢棠杯子里的是雪碧。

大家相互都是认识的，敬完酒，热热闹闹地找座位坐下，好几桌子都是熟人。廖小晴和魏翔同桌，两人你来我往地给对方倒酒，干了一杯又一杯。

谢棠在角落那桌，不放心地看了眼廖小晴。

人声鼎沸，酒和菜都堵不住那一张张嘴，笑谈声没断过。

到了后半程，谢棠估摸着廖小晴喝得也差不多了，起身找了个借口脱身：“小晴姐，有个老板想请戏班子去唱戏，打电话找到我这里来了，具体的还得你跟人家谈，你赶紧去回个电话。”

廖小晴会意，跟魏翔解释了两句，起身就走。

魏翔抓住廖小晴的手没放：“你这就不够意思了，不给我面子是不是？”他喝酒上头，脸上都是醉态，鼻子、两颊通红，啤酒肚顶着桌沿，看上去不像地头蛇反而更像个富商。

廖小晴赔笑：“魏哥，真对不住，我出去回通电话马上就回来。”

好说歹说，又自罚了三杯，才顺利脱身。

出了酒楼，廖小晴脸上的笑就垮了，跟谢棠抱怨这一晚上不知道被咸猪手揩了多少次油。

“还是你机灵。”

两人才走几步，魏翔极具穿透力的声音从酒楼的窗户底下飘出来：“要不是有我罩着，你们戏班子早就混不下去了！”

谢棠怕廖小晴生气，挽住她的手：“小晴姐，外面冷，我们先走吧。”

屋内，魏翔又骂了几句脏话。

谢棠拖着廖小晴往前走，带刺的凛风刮到两人脸上，她想要再说点什么安慰人的话，但想不到合适的。

谢棠原本以为这件事会就这么过去了。

几天后，听人说廖小晴把魏翔给开瓢了。

当时谢棠正坐在小摊子上吃馄饨，想起来用程越珩给的手机号搜索他的微信，搜出来一个用户，头像是纯黑的，微信昵称就是他本人的名字，非常无趣。

谢棠添加他为好友，把好友验证发送过去，等待他回复的过程里就听说了廖小晴发威的事。

谢棠觉得魏翔像只甩不掉的苍蝇，这几年廖小晴都已经被他硌硬习惯了，她忍功深厚，最沉得住气，谁知这次没忍住。

今天是周二，要登台演出，廖小晴却迟迟没有出现。

好在戏班子里的人都自己做好自己的事情，没出差错，按照以往那么唱就是。

戏唱到一半，魏翔带着人来搅局。忠武祠里的游客个个傻了眼，反应过来后作鸟兽散，这可不是拍电影，谁也不想惹事上身。有几个胆大的在门边拿出手机想要拍视频，被魏翔手底下的一个大花臂摔碎了手机。

戏唱不成了，戏班子里人人心惊胆战，不敢吱声。

魏翔在后台找了一圈，没发现廖小晴的身影。

谢棠待在角落默不作声，等待风波过去。手机突然响了一下，有消息进来，只一下，在安静紧张的环境里听起来声音分外大。

所有人都看着她。

魏翔的视线也被吸引过来。

“小棠，你小晴姐去哪儿了？”魏翔问谢棠。他脸上带笑，脑袋上缠着绷带，眼神阴沉沉的，有些瘆人。

“不知道，今天一整天都没见人影。”谢棠语气故作轻松，像是没被这么大的阵仗吓到。她的妆还没卸，戏服外面裹着臃肿的棉袄。

谢棠跟魏翔没怎么打过交道，她心里清明着，以往看见他也总是绕道走。现在迎面撞上，不得不应付他。

厚重的妆容遮住了谢棠的僵硬和不自然。

几个身高体壮的男人涌进来，窄小的后台越发显得逼仄起来。

有人说：“魏哥，刚去廖姐家里找了，也没人。”

魏翔依旧盯着谢棠，连笑也不装了，黑着脸说：“你给廖小晴打电话，现在就打。”

谢棠按亮手机屏幕，看清了上面的一条微信提示，程越珩已通过她的好友申请。刚才那一声提示音，原来是拜他所赐。

把廖小晴的号码拨出去，谢棠暗暗祈祷着“千万别接”。

好在真的无人接听。

“小棠啊，下次看见你小晴姐记得通知我。”魏翔问，“你有我电话吧？”

“有啊，”谢棠摇了摇手机，“存着呢。”

等魏翔一群人走了，戏班子里的人七嘴八舌地讨论起来。

谢棠松了口气，又担心起来，听到身后的同行们说得罪了魏翔，戏班子恐怕弄不长久了，得早点儿另谋出路。

晚上，谢棠接到一个陌生来电。

廖小晴用新号联系了她，那头有呼啸的风声和火星子崩裂的声音：“我最近不在，班子里的事就麻烦你多费心了。你年纪虽然小，但是这些人里面我最放心你……”

谢棠全都答应下来。

“小晴姐，魏翔今天来找过你了，还去了你家里。”

“他想让我跟着他，那哪成，他是有老婆的人！我知道自己不是什么好货色，但他那样的我还真看不上！”廖小晴说，“他想动手动脚，我就拿起啤酒瓶照着他脑门儿上敲了一下。”

“你现在还好吧？”谢棠问。

廖小晴自在地说：“放心，我现在喝着酒，在烤火呢，不会亏待自己。”跳跃的火苗映在她眼睛里，人懒洋洋的不想动弹，悠悠地说着以后的事，“我估计啊，戏班子是真的办不长久了，我也不想再办下去，反正也赚得不多，迟早得想别的出路……”

廖小晴语气认真，听着不像是醉话：“小棠，我想组个歌舞班子，不唱戏了，改唱歌跳舞，到时候你来不来？”

谢棠心里犹豫，嘴上却笑着说：“当然要来。”

挂掉电话，心里的迷茫全涌上来。

关了灯躺在床上，睡了许久脚依旧是冷的。谢棠侧躺着蜷缩起身体，双手抱住脚掌，捂着取暖。她想廖小晴，想今天的打算，未来的路像窗外的夜，看不见光。

手机放在枕头底下，连续收到了几条推销的垃圾短信，嗡嗡地振动。

谢棠拿起手机点开微信，跟程越珩的对话框还是空的。

她想了想，没有其他的好说，手指点了几下，打出“晚安”两个字发送出去。

等了许久，没有回音。

好像也不是太失望，似乎早就料到了。程越珩那样的大忙人，的确腾不出时间来回复她的一条废话消息。

又将被子左右卷了卷，谢棠缩回被窝里。

03

廖小晴消失了大半个月，卿歌戏班子照旧运转，但是来了新的班主，据说是魏翔的远房亲戚。一场戏唱下来，谢棠被找了好几次碴儿。

任务安排下来，还得抽时间排练新的曲目。众人背地里埋怨，明面上不敢说。

魏翔来忠武祠也越发来得勤快了。

谢棠心头像梗着东西，每次含笑跟他打招呼叫魏哥，不知道有多硌硬。

排练新曲目到晚上八点，外面的天早就黑了。谢棠收拾东西回家，在忠武祠门口撞见魏翔，他说：“小棠，我送你回去。”

戏班子里的其他成员陆陆续续从里面出来，看见魏翔也都纷纷问好。谢棠借机挽住其中一个女人的手，跟魏翔说："我有伴儿，大家顺路一起走。"

等廖小晴再次联系谢棠的时候，谢棠把魏翔的事跟她说了。

"老娘闭着眼睛都能猜得出来，他是对你起歹心了，你自己小点儿。"廖小晴那边音乐声震天，吵翻了天，她说话用吼的，"小棠，你抽空来我这儿看看呗！"

廖小晴在C市，她有人脉，原本想好自己重新建一个班子，但是事情的进展远没有想象中那么顺利。她只好在一个歌舞剧团先混着，帮人打工，毕竟在外面连喝口水都要花钱。

这个团现在还缺人手，廖小晴觉得谢棠兴许能成。

谢棠想了一夜，还是决定去C市看看。

玉堂有魏翔，还有黄秀，后面还会有黄秀安排的各种不靠谱的相亲对象。她离开，或许对她的生活来说是个转机。

临走之前，黄秀闹了一顿，想要谢棠的钱。

"这些年你吃我的住我的，现在说走就走，我多亏啊我。大家快来看看啊，谢棠不要我跟她叔叔了，没良心的白眼狼啊……"黄秀拦在门口不让谢棠过身，她不怕丢脸。

谢棠听着这些翻来覆去已经嚼过八百遍的咒骂，砰地关上房门。

她是一定要走的，也不会给黄秀钱。

清晨天还没亮，谢棠带着行李出门。

小街上遥遥传来几声犬吠，她打着手电筒照路，寒冷清冽的空气从四面八方钻进身体里，瞌睡全无，只剩下渗骨的冷。

走出街巷，看见两盏明亮的车灯。

谢棠小跑起来，往前奔去。那是她昨晚提前约好的车，直接送她去汽车站，再从汽车站搭第一趟早班车去C市。

玉堂被抛在身后，越来越远。

见到廖小晴时快要到晌午，谢棠自己转了一圈才去找她。老旧灰败的筒子楼，人站在底下仰头朝上看，觉得压抑。

上三楼，掀布帘似的穿过走廊上晾晒的各式衣物，谢棠听见一个熟悉的声音喊她的名字：“在这儿呢。”

拨云见日，撩开面前的花床单，谢棠才看见廖小晴靠在水泥栏杆上抽烟。头顶上缠着卷发夹，看着像刚起床，两个小时前谢棠给她打电话的时候，她就还没睡醒。

“你就先住我这儿吧，挤挤得了。”廖小晴说着把烟灰磕在枯萎了的绿萝盆栽里。

谢棠没拒绝，她不想麻烦人家，但是刚才转了一圈没找到合适的出租房，暂时得找个落脚的地方。她推着行李进屋。屋里简陋，东西杂乱，桌子上散乱着各种彩妆和不同颜色的假发。

廖小晴把自己的东西往旁边推了推，给谢棠留出一块空地出来。她恰好站在窗户口，金灿灿的冬阳照在她脖子上，两三点红痕格外惹眼。

谢棠指了指：“小晴姐，你这里……”

廖小晴往镜子前一照，反应过来，笑开了：“没什么，我交男朋友了，有男人了。”她又说，“放心，他不来我这里，经常是我去他那儿，这边你尽管住。”

谢棠点点头。她没接着往下问，廖小晴反倒自己说起来：“我俩晚上出去喝酒认识的，他在卷烟厂工作，比我大两岁，结过婚，跟前妻性格不合，两人老为了些鸡毛蒜皮的小事吵架，后来过不下去就离了。我觉得他长得对我胃口，也聊得来，他要追我我就答应了……”

廖小晴想起正事来：“哦，对了，你晚上跟我出去。”

“有演出？”

“对，你也上台，缺人手。”

谢棠讪讪地说：“你们不是歌舞团吗，我只会唱戏，风格也不搭吧？”

廖小晴发了一段舞蹈视频给她：“今天你练一下午就够了，总共就那么几个动作，简单得很。你这么聪明，保管一学就会。”

谢棠看了看视频，确实不难，就应下了。她本来就是来歌舞团工作的，早点儿适应早点儿干活也好。

04

晚上的演出在城南的一户人家。家中有长辈去世，办的是白喜事。

谢棠跟着歌舞团的人一起乘车到了现场，哀乐喧天，讣告牌立在路口，白灯笼挂了一路，阵仗颇大。

谢棠是新手，今晚就只被安排了一个节目，跟歌舞团里的另外四个女人齐舞。她站后排角落，能跟上节奏就行。

廖小晴拿来演出服给谢棠，她接到手上，明显一愣。

单薄的几片紫色布料，上面点缀着一些金光闪闪的亮片，穿上后整个背部都会是裸露的，裙子也短得出奇。

谢棠拿着衣服没动静，廖小晴用胳膊撞了撞她的肩膀："怎么，嫌低俗啊？"

她自问自答："是低俗，可谁叫别人都爱看？"

"太暴露了。"谢棠犹豫地说。

"这有什么，让人看几眼你又不会少块肉。"廖小晴劝她，"没什么可害臊的，没偷没抢，凭本事赚钱。"

谢棠默不作声地待了会儿，廖小晴也没再给她灌鸡汤，让她自己静一静。她这样的人，其实最会权衡利弊审时度势，早习惯了为生活低头。

果然没过多久，谢棠就把门帘拉上，换上了演出服。

等轮到谢棠她们的节目了，她把长款羽绒服一脱，跟在前面四个人身后登场。

音乐响起，她扭腰，甩头，按着节拍来。

谢棠的记性不错，所有的动作都记在脑袋里。站在后面一排，很容易就能看出她们五个人跳得不齐，都没一起正儿八经地排练过，能跳成这样也算不错了。

放眼望去，正前方就是灵堂。

她感觉自己在演一出滑稽的喜剧，她是小丑。

几分钟的时间不长，却分外难熬，等终于结束了，谢棠跳下舞台直接套上羽绒服取暖。她摸到口袋里的打火机，跟廖小晴说："我去抽支烟。”

廖小晴问她：“刚才感觉怎么样？”

“就当自己是条死鱼了。”

谢棠朝她摆摆手，往外走，接下来也没她什么事了。

下一个节目是个人独唱，唱的一首苦情歌。谢棠穿过人群来到马路边，又走了一段路，终于清静了一点。

旁边是废弃了的度假村，项目只开发到一半，褪色的标语横幅挂在门口，地上长起了野草。

谢棠避风点了一支烟，风从身后吹过来，长发乱舞，迷了眼睛。她习惯性地微扬起头看天，天上什么都没有，空阔寂寥。

宽阔的柏油马路横在眼前，偶尔有车辆驶过。

其中有一辆飞速掠过她，却在前方不远处缓缓停下来。

这时谢棠的手机响了，竟然是程越珩，他问她：“你在哪儿？”

谢棠想也没想地说：“C 市。”

车里，程越珩挂了电话，躺在副驾驶座上补眠的人把盖在头顶的衣服扯下来，睡眼蒙眬，问：“怎么了二哥？”

“看见熟人了，下去见一面，你睡你的。”程越珩又将衣服扔回她头上，一把罩住。他打开车门大步往后走去，视线中衔着烟的女人面容越来越清晰。

“刚开车过去，看见路边有个人像你，没想到还真是你。”

程越珩突然出现在眼前，谢棠怔怔地回不过神，差点儿被烟呛住，咳嗽了两下才说：“今天刚来的C市，晚上跟着歌舞团来这里演出。”

她也不知道自己为什么要解释这么多。

用鞋尖将地上的烟头碾灭，谢棠朝他笑了笑：“这样也能碰见，也太巧了，我们俩缘分深。”

她笑起来有种别样的妩媚，细长眼尾上挑，隔着夜色看，就像寒烟江上的一叶孤舟，勾起人想要保驾护航的欲望。

“什么时候回玉堂？”程越珩问。

谢棠说：“暂时不会回去，留在这边看看能不能混得下去，混不下去了再卷铺盖回家。”

车喇叭突然猛地响起来，尖锐的声音刺破冷空气叫嚣着。

嘀——嘀——嘀——

车上的人等得不耐烦，在用拳头砸方向盘。

“朋友在催我。”程越珩说。

“那你快走吧。”谢棠跟他道别。

她看着他的背影携风带雨而去，走到途中，骤然转身，又折回到她面前问：“演出完了吗？”

谢棠不明所以，照实说：“我的节目表演完了。”

“那跟我走。”程越珩说。

谢棠拨了拨吹拂到脸上的头发，跟上他的脚步，心脏跳得飞快，仿佛要跃出胸膛。

副驾驶座有人，谢棠去了车后座。

“二哥，这就是你在路边看上的熟人？”副驾驶座上的人说话不怎么客气，探出头，眼神肆无忌惮地打量谢棠，似乎对程越珩贸然将人带回车上的举动十分不满。

谢棠也在看她。

是个头发剃得很短的女生，长相有几分英气，身上穿的是男装，立着衣领，非常帅气的那种好看。

“老四，懂点儿规矩。”程越珩提出警告并看了鲁夏宜一眼。

后者哼了一声，谢棠来不及跟她打招呼，就见她缩回了座上。

在小时候一起长大的那伙玩伴里，鲁夏宜排行第四，常被叫作鲁四。她在男孩儿堆里长大的，性格顽劣，也像个男孩儿。

今晚鲁夏宜自驾游从滇南回来，刚进入C市，车在半路抛锚，到处打电话喊人救急，一堆狐朋狗友没一个应声的。恰巧程越珩离她不算太远，过来接她。

程越珩说：“给保险公司打电话让人去拖车。”

“早就打了。”鲁夏宜闷声说。

“我先送你回家。”

鲁夏宜想到后座的谢棠，眼珠子转了转：“不是先路过你公寓吗，我进去讨杯水喝。”

谢棠默默听着两人的对话，开始后悔跟着程越珩回家，先前那点儿旖旎心思消散得一干二净。她发微信告诉廖小晴自己碰到了熟人，先走了。

廖小晴问：“艳遇吗？”后面跟着一个斜眼笑的表情。

谢棠没回。

程越珩一个人住，室内空旷，整洁干净，全是灰白冷色调，看着没有一丝人气。

室内开着暖气，与室外是两个季节，进门纷纷脱大衣。谢棠想起什么，拉拉链的手一顿。

鲁夏宜轻车熟路，自己去倒水喝，还真像渴极了。

程越珩从鞋柜里拿出一次性拖鞋给谢棠，见她站着不动，问：“怎么了？”

谢棠摇头，弯腰换上拖鞋。

“穿着不热？”程越珩又问。

谢棠身上的长款羽绒服像层蚕蛹将她包裹得牢实，看着都热。谢棠尴尬地笑：“还好，也不是很热。”

她不是不热，身体暖烘烘的还有点燥，脸和耳朵全烧起来。

“二哥，这是什么？”鲁夏宜手里拿着个天青色的瓷瓶。

谢棠觉得眼熟，认出来那好像是自己送给程越珩的梅花酒。

没想到他还留着。

程越珩走过去将酒抢过来：“别乱动。”

鲁夏宜说：“小气鬼。”用余光瞥了瞥谢棠，小声问程越珩，“二哥，她真不是你路边上随便拉来的小姐吗？”

程越珩懒得理她，把梅花酒放回原位。

鲁夏宜又看了看谢棠，也奇怪地问：“你穿这么多不热？”

谢棠还是说：“不热。”她不想再让他们纠结自己热不热的问题，看见客厅上里摆着把崭新的二胡，顿时被转移了注意力，“你还会拉二胡？”

程越珩笑：“我不会，给奶奶买的，除了打麻将她就爱拉这个。”

他朝鲁夏宜抬抬下巴，下逐客令：“车钥匙在玄关柜子里，自己开车回去。”

“随便我挑哪一辆？”

“赶紧滚。”

鲁夏宜选好车钥匙后风风火火地走了。

谢棠长舒了一口气，少了鲁夏宜，她自在不少。她将羽绒服的拉链往下扯一扯，脖子往下全露出来，莹白的肌肤透着闷出来的淡粉色，汗津津地黏着几丝长发。再往下，是鼓起弧度的胸脯。

饶是这样，她还是不肯脱外套。

程越珩问：“里面没穿？”

“我又不是变态！里面只是演出服而已！”布料单薄，只能遮住重点部位的演出服，要是穿着在他家里走来走去，画面想想也很变态。

谢棠为了证明自己穿了衣服，又实在热得慌，拉链又往下扯了几十厘米，两只细瘦的胳膊解脱似的钻出来，羽绒服掉到地上。

没完全合上的门被撞开，鲁夏宜去而复返，推开门：“二哥，我……”

她当场愣住，刺激哟。

“算了，我没什么事了。”

程越珩快速捡起衣服往谢棠身上一裹，叫住鲁夏宜：“回来，什么事，说清楚。”

鲁夏宜一脸嘚瑟，说：“郑子郸知道我今晚回来，在绿泱会馆组了局，替我接风洗尘，我上来问问你去不去？”

程越珩想起还有事要跟郑子郸当面谈，点头答应。

他侧过脸看谢棠：“一块儿出去玩？”

“我现在这一身……”

“你先去洗个澡，换身衣服。”想到自己公寓里压根儿没女装，程越珩压了压眉心，“衣服……我叫人现在去给你买。”

鲁夏宜立即道：“我不去，我不给人跑腿。”

程越珩踢了她一脚：“小时候给你一串糖葫芦，你不是跑得挺欢吗？”说完给助理打电话，描述了一遍谢棠的身材，“一米六七的样子，瘦，一百斤。”

谢棠纠正他：“九十五斤。”

衣服很快送来，程越珩给谢棠指一楼浴室的位置，后者拎着几个纸袋镇定地走过去，可惜一场意外出卖了她现在的心情。

鲁夏宜看了一出好戏，在群里发消息：“你们猜我今天在二哥家看见什么了？”

程越珩不看手机也知道她一脸浪笑是在干什么：“管好你的手和嘴，别乱说。”

鲁夏宜摸了摸头，放下二郎腿，凑过去问：“二哥，原来你好这口啊，以前那些追你的姑娘是不是走错了清纯路线？我刚才是不是打搅到了你的好事？”

程越珩说：“我要真想办事，你打搅不到。”

“二哥。”

“嗯？”

“你跟郑子邺一样，男人都是臭流氓。”

鲁夏宜手机不停地振动，群里的人让她别吊胃口赶紧说。

她发了一串郑子邺的表情包出去，丑得让人翻白眼。

郑子邺在群里发声：“鲁四，好好说你的八卦。”

鲁夏宜勾着嘴角屏蔽群消息，接着问程越珩：“对了，那姑娘叫谢棠是吧？到底什么来头？你都把人往家里带了。”

程越珩说：“是你二嫂。”

鲁夏宜脸色变了：“真的假的？攀高枝的人我可见多了，你要当心。”

“该当心的是她。”

“什么？”鲁夏宜差点儿以为自己耳朵出了问题。

“是我贪图她的美。”

05

郑子邺组的局，来的都是程越珩的熟人，对谢棠而言，却都是陌生人。她走在他身边倒也不怯场，打量周遭环境。

灯光影影绰绰，男男女女群魔乱舞，酒精味和香水味混杂在一起飘荡到鼻尖，谢棠忽然觉得这跟歌舞团里也没什么太大的区别。

程越珩把谢棠介绍给郑子邺。

对上那双漂亮眼睛，郑子邺脑子里一闪，问谢棠：“你是不是在玉堂待过？”

谢棠说："我是那儿的人。"

郑子邺拊掌："这就对了。"

他想到前段时间程越珩休了几天假去玉堂旅游，说遇到了狐狸精，八成就是眼前这位。

来给程越珩碰杯的人不少，谢棠坐在他旁边，连带着也喝了几杯。她半点儿不见醉，起初程越珩还劝，让她不用勉强，少喝点儿，后来才发现她酒量是真的好。

"小谢。"程越珩第一次这样叫她，他们靠得很近，肩膀紧挨着肩膀，声音响在耳畔。尽管音乐很吵，她却仿佛听得见他的呼吸。

谢棠莫名想起《聊斋》里的女鬼小谢，书生陶望三借用姜部郎旧宅读书，遇女鬼小谢，此女容颜姝丽，书生用功时，她常飘出来捣乱。

见谢棠发愣，程越珩头再往下低了低："小谢，我有事出去一趟，马上回来。"

谢棠点头："好。"

程越珩把鲁夏宜招呼过来，嘱咐她看着点儿谢棠。

鲁夏宜晃着杯里的酒，挑着眉，让他放心走："你带过来的人谁敢为难？"

程越珩和郑子邺先后离开包厢，进入绿泱会馆后园，敲开一间房门，里面有个穿皮夹克的男人早早等在这里。

男人掏出一个密封的文件袋递给程越珩："程总，查到的资料都在这里，最近程氏集团分部的两起工人纠纷事件都是有人刻意引导和策划的。"

“查到背后是程家的人？”程越珩问。

男人说：“是。”

再联想到三个月前的车祸，郑子邺拍拍程越珩的肩膀：“虽说都是程家人，你也别太让着人家，不然有一天准骑到你头上作威作福。”

程越珩翻看着文件袋里的资料，笑了：“我心里有数。”

“还有谢棠，你是认真的啊？”

“等过几天就带她回程家。”程越珩说。

郑子邺想象了一下程越珩领着谢棠回程家的画面，乐不可支：“等着奶奶揍你吧。”

“嗯，我等着。”

他等着这个契机。

“二哥，你小情人喝醉了。”鲁夏宜发来一条语音消息。

背景音嘈杂，程越珩听了两遍才听清。他这才意识到，把谢棠留给鲁夏宜无疑是将她推进狼窝。

程越珩前脚离开，鲁夏宜后脚将谢棠拉到身边，一手将骰子筒压在玻璃桌面上，问谢棠：“玩不玩？”

谢棠不认识在场的其他人，待着无聊，决定陪着玩一把。

她从小跟三教九流的人接触多了，摇骰子、玩扑克全会，鲁夏宜连连输给她。

最后玩起了最简单的猜拳，石头剪刀布，谢棠反而把把输给鲁夏宜。她运气向来不好，纯粹靠运气的输与赢，她同人家比不了。

输的人喝酒，半杯白酒兑半杯红酒，不醉才怪。

谢棠再能喝，也撑不住。

鲁夏宜先前喝了不少，自身难保，晃晃悠悠地给程越珩发语音，她管谢棠叫她二哥的小情人，神志不清醒时也坚决不喊二嫂。

程越珩赶回来，看见谢棠合着眼睛坐在沙发上。他一靠近，她立即警觉地瞪大了眼睛，似乎在辨认他是谁。

“我们先回去。”程越珩将人搀扶起来。

谢棠顺势扑进他怀里，身体的重量全倚靠在他身上。

两人走到包厢门口，谢棠却抱住门框不肯离开。程越珩去掰她的手，被她雾蒙蒙带着一丝湿漉的眼睛盯着，控诉着。

这是耍酒疯了，不哭也不闹，只是死活不走。

好在包厢里的其他人醉的醉了，睡的睡了，连郑子邺都在应付鲁夏宜没空顾及这边。

程越珩说：“你不走我走了。”

谢棠头有点儿晕，但咬字清晰，说话流畅：“你先走，我还要等人。”

“等谁？”

“程越珩……超越的越，王行珩。”她还刻意解释他名字的写法，“他让我在这里等他。”

程越珩哭笑不得。

谢棠脸色酡红，摇头晃脑地拖长调子幽幽唱起来，哀怨痴情：“尾生与女，相会梁桥，切切盼之，佳人不至，风起水涨，抱柱而亡……我等先生，情比尾生抱柱。”

程越珩问：“张口就来，谁教你醉了也要撩拨人的？”

谢棠哧哧笑：“老街上的王五临摹了十遍《芥子园画谱》就能去美术馆当差了，我看了百来卷戏本子不知道能不能撩得动一个程越珩？”

她歪着头看他，像是终于认出他来：“哦，你就是程越珩。”

剩下还未说完的话被吻堵住，世界倏然安静了，脑海里却在砰砰地放烟花。

谢棠似乎终于清醒了一点，抱住门框的手改而缠上他的腰，回应着这个充满侵略意味的吻。

为乐当及时，何能待来兹。

她就要当下。

Chapter 04

放不掉的你

S h e n g s h e n g z i h u a n

01

谢棠醒来是在完全陌生的环境里，天光大亮，日上三竿。昨晚她被喂过醒酒汤，头倒也不疼。走到阳台上推开窗，底下有个湖泊，大片雪松环绕，湖上波光粼粼，倒映着天幕上的云。

直到绿泱的服务生敲门送餐，谢棠才发现桌上压着一张纸，上面龙飞凤舞的几个字：醒了给我打电话。

谢棠一边喝着暖胃的汤，一边打过去。

“喂？”

“醒了？”程越珩那头有翻阅文件的声音，“今晚我们回家吃晚饭。”

谢棠差点儿被汤呛住，不确定地问：“回……程家？”

“嗯。”

“我还没做好心理准备！”

“你昨晚答应了的，当时你喝过醒酒汤，意识清醒，不是我逼迫。”

“咳咳……”谢棠招架不住，“我以为你说着玩的，不作数。”

“你还有一下午的时间做准备。”

谢棠纠结得脸都皱起来，拿起字条旁边的黑金卡看了看：“卡是给我的？是让我去买礼物吗？你家长辈喜欢什么？”

程越珩说：“那是给你自己买礼物的。”

这话谢棠听了心里欢喜，嘴上却说：“我难道两手空空去你家？”

“那些我会准备。”

挂掉电话，谢棠忙不迭上网搜索“第一次见男方家长，怎样的穿着比较得体”“如何跟长辈相处”“豪门世家里的长辈会不会很强势”，靠谱的回答一个没有，她搜着搜着，在论坛里被网友推荐的几篇小说吸引，捧着手机看起了小说。

尽管做了一下午的心理建设,在去程家的路上谢棠还是无比紧张。尽管她不说什么，看上去没有表情的脸此刻显得十分严肃。

等红绿灯的间隙，程越珩盯着她看，她也没发现，心事重重地望着车窗外。

脸上一疼。

程越珩捏着她脸上的软肉：“放轻松，又不是上断头台。”

谢棠咧着嘴：“快松手……我的粉底要毁了。”

程越珩偏不，得寸进尺，指腹轻轻摩挲着她的下巴。

谢棠问：“你是不是小孩子，大人说的偏不听。”说着也想捣乱，看准时机，反握住他的手重重亲了一下。

亲在虎口处，橘红色的唇印清清楚楚，像个印章。

“绿灯亮了，快走！”她开心地笑起来。

这样一闹，谢棠心情轻快了不少，主动问程越珩：“你家的情况，你好歹也跟我说说啊，让我心里有点儿底。”

“人多，也杂，到时候跟爷爷奶奶说说话就行了，别的人不用在意。我妈跟团出去旅游了，不在家，等她回来了估计会主动来找你。”

“你这样说我又紧张了。”

程家的情况确实复杂。

程越珩的奶奶苏满渔年轻时生过一场病，结婚十年没有生孩子，两口子从程家旁支抱来个婴儿养在身边，这就是程越珩的大伯程彰。苏满渔三十八岁那年终于成功怀孕，偏偏在检查出来之前，他们已经在计划收养第二个孩子程伦。

家中两个养子，一个亲生的，倘若相处和睦便也没有问题。但程越珩的父亲程勋生出来便是个小魔王，而另外两个也不是省油的灯。

程勋心思不在事业上，对程氏没有野心，谁知生了个儿子程越珩从小天赋异禀，注定是驰骋商场的料。

老头儿老太太对亲儿子和养子总想着一碗水端平，对孙子却偏心偏到了天上。

老太太从吃完午饭就开始盼孙子回来，直到麻将桌上三缺一，被老闺蜜叫去打牌，这才忘了心里的惦记。

谢棠在门外就听见麻将声，程越珩告诉她：“奶奶有个外号叫雀神，她活到八十岁还能经常赢钱，我爷爷说她是老妖怪。”

程越珩打开后备厢让谢棠拿二胡：“这个你给奶奶，她会喜欢。”

是之前谢棠在他公寓客厅里看见的那一把。

两人一起把东西拿进屋，苏满渔听见门口的动静直接推开牌站了起来，朝另外她几个老姐妹说：“不打了不打了，我孙子回来了。”

她走路有架势，身材也不同于谢棠在玉堂碰到的南方老太太那般矮小，精神矍铄，头发白了，眼神还是锐利清明的。

“奶奶好。”谢棠跟着程越珩打招呼。

程越珩第一次带对象回来，谢棠自然成了焦点。

苏满渔招呼她：“小谢，来，你陪我坐坐。”

谢棠想，老太太也叫她小谢，但是跟程越珩叫起来的感觉完全不一样。

麻将桌上的另外几位奶奶伸长了脖子张望，喊道：“老苏，你家小珩带姑娘回来了？快把人叫来看看。”

苏满渔问谢棠：“会打麻将吗？”

谢棠老实说：“会。”

“那你来替我摸手牌。”苏满渔把谢棠往小客厅里带，又回头跟程越珩说，“你爷爷在楼上书房，你去叫他。”

程越珩去书房跟爷爷程继怀聊了几句，说完祖孙俩下楼。程越珩帮爷爷拎鸟笼，里面是一只毛色鲜艳的鹦鹉。

程越珩喂了点儿食过去，鹦鹉说：“常回家看看，常回家看看！”

“还会说什么？”

“欢迎光临，欢迎光临！”

程越珩向爷爷夸了一句：“您从哪儿弄来的小东西？还挺漂亮。”

鹦鹉说：“您最漂亮，您最漂亮！”

老爷子笑得开怀：“走，看看我孙媳妇去，是叫小谢？”

“是，她在陪奶奶打麻将，您快去救场吧。”程越珩摸了摸鹦鹉的头。

见程继怀下楼过来了，谢棠赶紧站起来问好：“爷爷。”

“好好好，小谢啊，快来看看爷爷养的鹦鹉。”听见这话，谢棠终于得以从麻将桌前脱身，她的视线立即被鸟笼里的小家伙给吸引了。

鹦鹉扑棱两下翅膀，叫声清脆：“您最漂亮，您最漂亮！”

程越珩接了一句：“小谢漂亮。”

鹦鹉学舌：“小谢漂亮，小谢漂亮！”

谢棠闹了个大红脸，不好意思地低头笑了。她悄悄告诉程越珩：“替奶奶摸牌，那把输了。”

“输了就输了。”程越珩不在意地说，“她平常赢得太多，输几把又没关系。其他几位奶奶该喜欢你了，下次肯定还想跟你打牌。”

“饶了我吧。”

程越珩扬着嘴角笑。

一顿晚饭还算吃得其乐融融，家里阿姨厨艺好，做了一大桌美味佳肴。

谢棠没在家中看见程家的其他人，程越珩的父亲程勋也没露面。人少一点，她就自在一点。

只有老太太中气十足地拍了一下桌子，抱怨道：“说好的回来吃晚饭，老大老二老三全不见人影，他们是不是不把我老太太放在眼里！”

程越珩给她盛了碗奶白的鱼汤：“您孙子回来了不就行了。”

“对，你一顶三！”

谢棠听着祖孙俩的对话默默偷笑，心里总结出来了，老爷子随和，老太太彪悍。

老太太的饭后活动是拉二胡，用程越珩新买来的那一把，戴上银丝边的老花眼镜，调了调音，拉了几下。

她问众人：“我的琴技是不是进步了？”

老伴逗鹦鹉不说话，孙子看报纸没回应，谢棠觉得自己应该捧场，但又担心说错话，拍马屁拍到马腿上。

“能听出来是什么吗？”老太太问。

这个谢棠能答上来：“《赛马》。”

老太太把二胡给她：“你来试试。”

没想到谢棠还真会，她把二胡端放在腿上，右手持琴弓，姿势一看就是行家。

《赛马》节奏快，气势磅礴，她游刃有余，掌握着节奏。

等她停了，老太太似是随口一问：“你还会什么？吹唢呐会吗？”

谢棠竟也真的点头：“只会些皮毛。”

“敲锣？打鼓？打快板？”

“知道一点点。”

老太太听乐了，朝程越珩笑道：“你赚了，将来娶了小谢就等于娶了一个鼓乐队。”

这话明面上听着像夸赞，暗地里再费一番思量，又觉得似乎不是那么一回事。之前老太太问谢棠的职业，她也没有隐瞒。她如果撒谎，谎言总有一天会被拆穿，不如在开始的时候坦荡，她就是一个唱大戏的，还是野生的，没有拜过名师，没有受过正规训练。

她的身份，放在程家这样显赫的门庭或许不够看，但确实是她真实的生活。

临走前，老太太递给谢棠一个四四方方的珠宝盒，里头是一对耳环。拿在手中轻盈，却又重似千斤。

在玉堂，耳环多是娘家人送给女儿的出嫁礼。

耳环，希望女儿多多把家还。

老太太握着谢棠的手说：“我做梦也想要有一个你这样聪明伶俐的孙女。”

回程的路上谢棠反复打开盒子，将那对价值不菲的耳环看了又看，程越珩说：“喜欢就戴上。”

谢棠再次合上盖子，说：“太贵重了。”

途中程越珩的手机突然响起，他接完电话之后问谢棠：“我现在要去见两个公司合作对象，先把你送回公寓？”

“我的东西都还在小晴姐那边，得过去一趟，你前面地铁口把我放下，我直接坐地铁过去。”

程越珩赶时间没多说，只让她存一个号码：“拿完东西打电话给司机，让他过去接你。”

02

地铁去廖小晴的住处还有好远一段距离，出口附近有几辆载客的摩托车等在冷风中。

谢棠打算招手打车，抬头看见前方高楼上醒目的LED显示屏，走台步的女模特展示着手上的珠宝，左上方有个品牌logo。谢棠看了看耳环盒子上的暗纹，是一模一样的。

谢棠穿过晚间拥堵的人群，进了商场里的珠宝店，拿出包里的耳环。

专业尽职的工作人员以为她要鉴定真假，告诉她东西是真的。

谢棠想知道的是这东西的价钱，她得再三衡量，她是否受得起。

橱窗外拐进来两个人，一男一女，乍一看会以为是两个男人，因为都剃了很短的干净利落的头发。

“二哥今天真带谢棠回家了啊？”是鲁夏宜的声音。

旁边的郑子郷在挑送给情人的项链，随意道：“我奶奶下午在程家打麻将，亲眼看见的，假不了。”

鲁夏宜本来有些气急败坏，把手中的珠宝册子翻得唰唰作响，很快又平息了怒火：“二哥说谢棠是他未婚妻，可真要把人娶进门，程家老太太不会答应的。容阿姨是那样的出身，程家不会再允许程越珩的妻子也上不得台面……”

谢棠背对着两人的方向，她拢了拢围巾，低头快步走出了珠宝店。一路上她想想程家老太太忽冷忽热的态度，心头像压着一块巨石。

压得她喘不过气。

廖小晴的电话一直无人接听，谢棠打了好几遍，好在她兜里有把新钥匙，不至于白跑一趟。

筒子楼里的晚上跟白天完全是两个模样，白天寂静，晚上在外奔波了一天的人都陆续回来了，牛鬼蛇神都有，婴孩儿啼哭，情侣骂街，喧闹得像个鬼市。

谢棠在楼下仰头看见廖小晴租的那间房的窗户亮着，贴着都市小报的透明窗玻璃内透出淡黄的光晕。

到了门外，谢棠喊了两声：“小晴姐，你在家啊，我打你电话你怎么不接，手机是不是……”

说着正要推门，从里面伸出一只男人粗壮的胳膊将她拽了进去。谢棠的一声尖叫被遏制，嘴被狠狠捂住了。

连反抗的余地也没有。

室内的景象让人心头发凉。

原本应该在玉堂的魏翔就在眼前，另外还有四个凶神恶煞的男人显然与魏翔是一伙的，整个屋子又拥挤又森冷。廖小晴被绑在床柱子上，嘴上封着胶布，呜咽了几声。

魏翔手里攥着廖小晴的手机，刚才谢棠一共打了三个电话，魏翔看着它响了三次，没想到谢棠自投罗网了。

“小棠啊，怎么这么巧，看来咱们俩是真的有缘分……”魏翔一脚踹翻面前的热水瓶，拿起手中的木棍一阵乱扑打，热水瓶的外壳和内胆碎成碴子，水流了满地。谢棠被身后的男人架着，后背渗了一层冷汗，隐忍地闭着眼睛，眼皮却不受控制地疯狂颤抖。

魏翔跟谢棠说：“我先不动你，让你当观众，看看你小晴姐跟我作对是什么下场……”他转身翻起手掌甩在廖小晴脸上，一下，又一下，“敢用酒瓶砸老子，砸完就跑到外面来躲着，你躲得了吗臭婊子！老子想睡你是看得起你！”

谢棠视线模糊，看着廖小晴的脸颊以可见的速度红肿起来，她生了冻疮的手背抵在一起做无用的挣扎。

魏翔抬起左腿踩在铁架床的床沿上，他手下的人立即解开廖小晴手腕上的绳结，抓着她凌乱的头发将她拖到魏翔面前。

魏翔指了指自己胯下：“你从这个洞里钻过去，咱们之间的恩怨就算了结了，你看怎么样？不然就没完，我心里不痛快，你以后也别想过安生日子。”

地上全是包裹着灰尘的水渍和热水瓶的玻璃碎碴，在灯泡下折射着细碎的光。廖小晴跪下去，慢慢挪动着膝盖靠近魏翔。

她爱美爱打扮，下身只穿着一条单薄的丝袜，鲜红的血迹很快渗出来。

谢棠忍了忍，屏住呼吸，手肘蓄力猛地往身后男人的腹部一撞，从他手中挣脱，接着又趁在场所有人不备一头将魏翔撞翻。廖小晴迅速抓住床底下的杀虫剂往对面几个男人脸上喷，赤脚拽着谢棠打开门一路狂奔逃命。

走廊上堆着各家各户的杂物,她们拿起什么都不管不顾地往后砸。

楼道里的灯泡一明一灭，谢棠一步跨几阶，每次迈步都心惊肉跳有种即将一脚踏空的幻觉。廖小晴熟悉地形，带着她出了筒子楼又往纵横交错的巷子里钻。两人最后躲进一辆快递车的后备厢，乌漆墨黑的环境中，相互抱着，缩成一团。

外面的脚步声匆匆追来，又匆匆消失，直到再也听不到动静。

谢棠这才觉得自己又活过来了，她肩头湿了大片。廖小晴压抑着哭声，像溺水的人攀住一根浮木般死死搂住了她。等平息下来，廖小晴抹了把眼泪，找台阶下开玩笑说：“老江湖了，丢人。”

笑声沙哑，带着哭音，妆糊了一脸。

黑暗中亮起光，谢棠拿手机给程越珩打电话，他的号码在通讯录置顶的位置，非常好找。经历了一场惊心动魄后，谢棠想也没想，第一反应就是联系他。

那头嘟嘟响了几声，继而被挂断。

谢棠接着再打，传来的是对方已关机的提示音。

想起一个多小时前她与程越珩分开时的景象，他走得急，现在说不定也还在忙。谢棠转而打电话给司机。

司机来得及时，此时就在附近。

谢棠扶着廖小晴从后备厢里出来，连墙角蹿出来觅食的黑猫也能吓两人一跳。两人战战兢兢地跟司机碰头，坐上车。

“麻烦送我们去医院。”谢棠说。

廖小晴先前为了逃命顾不上疼，等到下车时已经移不动步子，脸上冷汗涔涔。

司机见状立即上前帮忙：“我来我来。”他小心托着廖小晴的膝盖，将人抱起来走上医院的台阶。回头一看谢棠额头上也被划了一道，往下淌着血，她自己却浑然不觉。

“谢小姐，你的伤口也需要赶紧找医生处理。”司机觉得头大，万万没想到接个人能碰到这些麻烦事，上头程总让他将这位谢小姐安全送到家，他却将人送到了医院。

挂号就医，医生用镊子将陷进廖小晴皮肉里的玻璃碎片夹出来，谢棠的伤口也做了包扎，额头上打了个补丁。

等一切处理好，有空坐躺着发愣，才明白什么叫劫后余生。

谢棠决定留在医院陪廖小晴过夜，向司机道谢，打发人走了。

时间已经过了晚上十一点，谢棠站在过道上尝试着再次联系程越珩。

他的手机已经开机了，但是依旧无人接听。

谢棠洗了把脸回病房，廖小晴躺在床上没睡着，睁着眼睛望着雪白的墙壁，眼神空茫。看见谢棠，她又强撑起精神，恢复了点儿神采："我脸上还带着妆，现在的样子是不是跟鬼差不多？"

"我去给你打水来。"谢棠翻了翻包里，还有两片卸妆巾，谢天谢地，耳环也没弄丢。

眉毛被擦掉，粉底被溶解，廖小晴对着手机照镜子，感叹自己又变老了一点，连心态也改变了不少。

"以前不管不顾，觉得老娘天下第一，被惹毛了就敢跟人拼命。现在只想要安生日子，好平平静静地过我的生活。"

谢棠想到她那一跪，心里不知是什么滋味。

如果当时谢棠没有阻止，廖小晴为了息事宁人，真会跪着从魏翔胯下钻过去。

此时听到廖小晴这番话，谢棠知道她是真对那个卷烟厂工人动了心。

“你今天不该帮我的，冲动了。”

夜里，谢棠躺在廖小晴旁边的空床铺上，两人都睡不着。

“我也知道不该冲动，搞不好只会把自己搭进去，变成两个人一起挨揍。但是我就是不忍心……”谢棠枕着自己的手臂，闭了闭眼睛，“小晴姐我没有想要逞英雄，我就是……不忍心。”

“知道了，没有要怪你的意思，是想要谢谢你呢。”廖小晴笑，“我还没那么不知好歹。”

廖小晴接着问：“送我们来医院的是什么人？”

“程越珩的司机。”

“程老板？”廖小晴下意识想起一个人，她只在玉堂见过他一面，对方花大价钱叫戏班子返场，一掷千金。谢棠还曾指着他说，他曾说过要娶她。

廖小晴从未当真过，万万没想到日后这两人还有纠缠。

谢棠说：“是他。”

“你……真是他的未婚妻？”廖小晴不确定地问。

“我今天跟他回家了，也算见过家长了。”谢棠讷讷地说，心中还有诸多不确定和犹疑，却又说不出口。

她冥冥之中感觉到，前方道阻且长。

甚至不吉利地想过，她和程越珩之间不会太顺利。

第二天谢棠见到了廖小晴的卷烟厂对象。

身材微胖的男人，戴黑框眼镜，棉袄里露出一截格子衬衫的衣领，是讨喜的天生带笑的面相。廖小晴喝着他带的清粥，笑他是弥勒佛。

谢棠看两人甜甜蜜蜜，自觉替他们掩上病房的门。再找医生开了点儿药，她就回去补觉。

她几乎一夜没睡，挂着两个黑眼圈问医生额头会不会留疤。

医生说："不会，你平时多注意，按时换药，避免伤口发炎，等愈合了以后每天涂我开的那管药膏，一天三次。"

谢棠千恩万谢。

出了医院拦车回程越珩的公寓，用密码开了门锁，肩头的包取下来甩到一边，连弯腰解鞋带也觉得累，直接瘫坐在玄关的地板上。

这时她才发现面前鞋架上，有一双醒目的红色高跟鞋。

显然，这双鞋不是她的。

屋里有人。

从阳台传来的脚步声渐近。

谢棠因身体的极度疲惫而呈现出一种麻木状态，思维和意识也慢了半拍，她的视线慢慢平移过去，率先映入眼帘的是修长笔直没有一丝赘肉的小腿，和殷蓝色的纱裙裙摆。

直到完全仰起头，从下往上，看见一张叫人分辨不出年纪的漂亮脸蛋。

与此同时，对方也在望着她。

直到容心凝向谢棠先伸出右手。

“是小谢吧？怎么坐在地上？快起来。”容心凝手腕上挂着玉色莹莹的镯子，极衬肤色，声音带着点儿温柔，“你好，我是越珩的妈妈。”

原来先前程越珩说“我妈出去旅游了，等她回来会主动找你”，真不是玩笑话。

可谢棠没想到会这样快。

她惊慌失措，又受宠若惊，借着容心凝的几分力气从地上站起身，窘迫得脚趾抓地。

“阿姨，我……你……您坐，我去给您倒水。”说完才觉不妥，她似乎颠倒了主与客，怕容心凝介意。

好在容心凝只是关心她头上的伤：“你这是怎么了？”

谢棠说：“骑单车摔了一脚，磕石头上了。”

“这么冷的天就不要自己骑车出去了，有事让越珩送你，或者让他给你安排司机。”容心凝说完又问，“考了驾照吗？”

“没有。”

“有空还是要去把驾照考了，自己想走就走，也方便不少。”

谢棠猜不透人心，却天性敏感，对方喜不喜欢她，从眼神、言语、举手投足处处可窥见。

她不修边幅带着伤狼狈地和容心凝碰了面，给对方留下不怎么满意的第一印象，容心凝却似乎并不讨厌她。

谢棠能感觉得出，这些关心是真心实意的。

后来两人也没聊太久容心凝就要走，她本来还打算邀谢棠出去逛逛，见谢棠受了伤，就让谢棠好好休息。

谢棠送容心凝下楼，风吹着头顶树叶凋零的悬铃木，也把她多次欲言又止的话吹散。

“阿姨，您同意我和程越珩在一起吗？”她终于问。

容心凝说：“在不在一起是你们俩之间的事，我没有要干预的打算，也没有横插一脚的权利。如果问我在这其中有什么私心，那就是想要我儿子快乐。他爷爷奶奶计较的门庭、背景、身份，对我而言都不重要。我只是平凡普通的母亲，在意他的喜怒哀乐胜过在意他的荣耀与成就。因他本就是天生的野心家。”

容心凝看向谢棠，脸庞挂着一丝狡黠的笑意：“你和他谈恋爱想来会很辛苦。”

载着容心凝的轿车绝尘而去，谢棠站在原地，满眼瑟瑟寒风，细想她最后那一句话，心里升腾起不安的情绪。

手机“叮咚”一声，弹出今日新闻推送：程氏集团首席执行官程越珩与瑶芝深夜相会，今晨共进早餐。

有图有真相，图中男女都露了一个侧脸。

谢棠单方面认识瑶芝，她是今年才出道不久的女星，已经在好几档王牌综艺节目里当过嘉宾，有资源很强势，红得迅速。

瑶芝真名齐耀芝，是齐氏地产的千金，这些也从来都不是秘密。

03

室内安静无声。

程越珩深夜才回公寓，进门发现谢棠给他留了盏落地灯。他去主卧，床上的人大半张脸蒙在被子里，露出一个毛茸茸的发顶。

程越珩将被子往下拨了拨，捏了捏她的鼻尖。

他刚从严寒的室外进来，手冰冷，冻得谢棠无意识地皱眉，没两秒钟就醒了。

“你回来了？”她揉着眼角问，“几点了？”

“深夜一点半，你继续睡。”程越珩说。

谢棠无语，暗自腹诽，刚才是谁在故意闹我？

程越珩又轻轻摸了摸她的额角：“头上的伤怎么来的？”

司机送她和廖小晴去医院的事，他其实知道，只不过不了解她具体因什么而受伤。

谢棠抓住他冰冷的手指头放进掌心捂了捂，求饶似的说：“今天太晚了，明天再跟你说……如果你有时间的话。”

程越珩拿上睡衣去浴室洗澡，出来发现谢棠坐在床头发愣。

她叹了口气说：“现在反而没有瞌睡了。”

程越珩是效率派，不喜欢将问题留着不解决：“那就跟我说说你的伤到底是怎么来的。”

谢棠朝他张开双臂，是索求拥抱的姿态。床头灯如夏夜萤火般微弱，她陷在昏暗温暖的环境中胆子大了不少，将那点儿羞赧抛开，没什么不敢说：“以后再说。”

程越珩：“……”

夜里到底还是没说成。

谢棠再次睡醒已经快到中午，本来以为程越珩肯定不在，下楼却发现他穿着一身家居服坐在客厅看电视。

某卫视的寻宝探秘节目。

谢棠的表情仿佛看见了外星人入侵地球此刻坐在她面前按遥控器，她迟疑地问：“你今天不上班？”

程越珩舒服地靠着抱枕：“休假。”

行，你说休就休吧。谢棠也不敢有意见。

“你吃早餐了吗？”

见程越珩摇头，谢棠又问：“那我煮两碗面？”她打开冰箱发现里面食材不多，只能做简单的。

“可以。”

电视画面切换成广告。程越珩换下一个台，婆媳矛盾家庭纷争，再换下一个，真假千金人生颠覆，再换，购物频道主持人情真意切高喊只要九九八，原价三千八百八，现在打入电话订购，前一百名顾客只要九九八！

谢棠看着程越珩那张波澜不惊的脸，觉得有些违和，正偷偷笑，谁知他被购物频道绊住了手脚，再没有换台，回头正经地问她：“要不要买个锅？”

原价三千八百八，现在只要九九八的锅。

谢棠：“……”

谢棠：“这是金子做的锅吗？”

谢棠：“可以买，但没必要。”

再换，购物频道变成王牌综艺。主持人慷慨激昂的九九八变成一群年轻男女的欢声笑语。程越珩似乎不挑剔，什么都能耐下性子来看两眼。

谢棠站在开放式的厨房里，一边洗着西红柿一边也跟着瞅两眼。

综艺节目里，游戏正进行到你画我猜的情节，三男三女两两组队。瑶芝比画，搭档来猜。她看到的第一张词牌是齐天大圣，反应迅速地翻起手掌往额头上一遮，又抓耳挠腮，模仿得惟妙惟肖。

队友立即大声道：“齐天大圣！”

第二张词牌是七仙女。瑶芝掰手指头，一、二、三、四、五、六，队友说：“七！”她点头，继而指着自己，队友说：“你！”她摇头，继续指着自己，队友说：“我！”她又摇头，踮起脚翩翩起舞，队友不确定地问：“七个小矮人和白雪公主？”

时间到，任务失败。

队友把数字七理解成七个小矮人，把台上起舞的姑娘误认成城堡里的公主。

瑶芝气鼓鼓地拿着话筒：“我不是仙女吗！我不配吗！”

主持人和其他嘉宾被她逗笑，个个乐开了花。

她扮演孙猴子时俏皮可爱，是天底下最可爱的那只猴儿。她演七仙女时婀娜多姿迷人眼，公主也好，仙女也罢，她都担得起。

西红柿鸡蛋面煮好了端上桌，程越珩吃一口就皱眉：“好咸。”

“可能给你放盐的时候手抖了。”谢棠喜欢用筷子卷子面条放进嘴里，吹了吹，津津有味地吃起来。

程越珩去她碗中夹了一筷子尝尝味道，咸淡适宜，汤汁可口。谢棠愣愣的："还以为你会有洁癖，你不嫌我啊？"

程越珩看了她一眼，淡定道："都在一起了，吃口你的面怎么了？"

谢棠呛得直咳嗽。

最后只好两人分食她碗里的面条，将就着吃到五分饱。

"看到新闻了？"程越珩突然问。

谢棠心领神会，明白过来他说的是他和瑶芝被拍到的事。

她说："昨晚你俩上热搜了。"

程越珩没有要隐瞒的意思，直截了当地说："奶奶安排了我和她相亲，我拒绝了，没想到在酒店里会碰巧遇到。"

谢棠信他的说辞，只不过听到程奶奶这么做，难免会觉得沮丧："奶奶果然不喜欢我。"

"她不是不喜欢你，只是她的立场决定了她会反对你跟我在一起。"

"你呢？"谢棠问，"你怎么想？"

程越珩说："家财万贯时娶你，到了穷途末路，也没想放过你。"

谢棠只当他开玩笑，毕竟"穷途末路"四个字，压根儿与他沾不上边。

"今天晚上我们还回程家吃饭。"程越珩说。

"那不是特地去讨人嫌吗？"谢棠皱着脸不太情愿，担心程家老太太会将她拒之门外，她会打麻将会拉二胡也没用，加不了多少分，人家只会嫌她那点儿小把戏上不了台面。

"这次是我妈叫我们回去的。"

听到是容心凝的意思，谢棠也只好答应。

“还有一件事你还没说明白。”程越珩问，“额头上的伤到底是怎么来的？”

谢棠为难：“一定要说吗？”

“我猜你应该是惹麻烦上身了，麻烦说出来，两个人商量着解决会比你一个人闷在心里要好。”程越珩顿了顿，“而且我们不是正在交往吗，我当然会在意我的女朋友为什么会突然受伤。”

谢棠先前不想说，是觉得没人会喜欢招惹麻烦，而且他工作忙，想来应该没有多少精力替她解忧与筹谋。

今天听到这番话，说不感动绝对是骗人的。

想想她当初用救命之恩做筹码，说要嫁给他，不就是想讹他，借他挣脱出泥潭吗？

物尽其用，在C市，“程越珩”三个字就是最好的资源，她为什么不用？

想到这里，谢棠果断将事情和盘托出，包括之前在玉堂魏翔对她的骚扰，也添油加醋说了一遍。

程越珩越听到后面，眉头皱得越深。

“我让小晴姐报警，但是她有她的顾忌。”谢棠叉了块果肉给程越珩，讨好地问，“您有何高见？”

他说：“我会解决。”

谢棠非常满意，很好，霸道总裁果然无所不能。

傍晚第二次去程家，谢棠显然放松了不少。头一回去的路上，程越珩让她别紧张，她嘴上应着，抬头看天，黑云压城城欲摧。这一次还有心情主动放歌听，随机播放，有些沙哑的女声响起："See the pyramids along the Nile，Watch the sunrise on a tropic isle（看着尼罗河畔的金字塔，注视着热带岛屿的日出）……"

谢棠听完，问程越珩："这是什么歌？"

"《You Belong To Me（你属于我）》。"

"好听。"

可惜她英语差，有的歌词听不懂。

上网查了查意思，最后两句是：乘着银色飞机跨越海洋，看见雨后的丛林，要记得直到你再次归来，你属于我。

淡淡吟唱，给人一种天长地久的错觉。

谢棠听着歌，坦然了许多。

面对苏满渔时笑容变得更加自然，她照旧说："奶奶好。"没有再为此去网上搜罗如何讨长辈欢心的漂亮话，尊重敬畏，但守着距离，不奢望对方待自己如珠如宝像个亲孙女。

老爷子仍是笑呵呵的模样，对她说："小谢来了呀，来来来，坐坐坐。"

鹦鹉看见她说："欢迎光临！欢迎光临！"

戴着老花镜在平板电脑上跟网友打牌的老太太抬头，视线斜斜望向鸟笼子，不冷不热道："这么会迎宾，不卖给饭馆当迎宾员太可惜喽。"

程勋和容心凝夫妇恰巧踩在这个时间点进门。

容心凝跟谢棠昨天才见过，待她亲近。程越珩的父亲程勋与谢棠是第一次见，程勋穿得过于随性，休闲款的大衣袖口上似乎还粘了一团橙色颜料，头发遮住双耳，脑后扎起一个三四厘米长的小辫子。

在谢棠看来，他像一个艺术家，跟程越珩完全是两种气质。

这父子俩似乎是谁也看谁不顺眼的状态，也没话聊。

没到饭点，厨房还在忙。老太太心满意足地和了一手牌，放下平板电脑，叫程越珩上二楼。

等到后来饭菜准备妥当了，也迟迟不见祖孙二人从楼上下来。

也没人去问，没人去催。

老爷子打开了他的宝贝古董收音机，调到戏曲频道，自己跟着低低地哼两句，沉浸其中，一根手指敲在桌沿打节拍。

他忽然想起来问谢棠："小谢你是不是也会唱？来两句，爷爷给你捧场！"

容心凝和程勋同样颇为期待地看着谢棠，还有屋里的管家和阿姨们，个个留心着这边的动静。谢棠知道她这时候不能忸怩，大大方方开嗓子唱就是，藏着掖着，会叫人看笑话。

她站起来唱了几句，身段佳，嗓子也好。

"好，好，唱得好！"老爷子果然捧场，还给她鼓掌。

谢棠反倒觉得有些不好意思了。

门外响起车轱辘滚动的声音，谢棠诧异地转头望去，一架轮椅出现在门口。当年被老太太收养的第二个孩子，程家老二程伦，从小是个病秧子，天寒地冻的时节，连行动也不便。

程伦面容清癯，瘦削得像根竹竿，却端坐得笔挺。

程伦身后除了帮他推轮椅的私人助理，还有另外一个大腹便便的男人，叫程彰，也是养子，而且是头一个，名义上称得上是程家的大少爷。

程彰与程伦，一胖一瘦对比明显，极好区分。一同出现时，甚至有几分喜感。

容心凝悄声提醒谢棠："胖的是大伯，瘦的叫二伯。"

程彰笑着问众人："今儿有什么好事，请戏班子了？在门外就听到有人唱戏。"他向前走几步，先给老爷子请安问好，看了一圈，像终于发现有谢棠这个陌生人。

"你就是我侄子带回来的姑娘？"

谢棠点点头，不卑不亢，说话时眼睛看着对方："大伯好，我叫谢棠。"

程彰问她："刚才听见有人唱戏了吗？"

谢棠说："是我。"

"哦，我侄子娶了你有福了。"

谢棠不喜欢程彰说话的语气，趁机往容心凝身边躲了躲。

家中多了两人，容心凝比先前话少一些，默不作声地斟茶。谢棠视线停在茶具上，想跟着她学一学，耳朵却仍听着那边的动静。

老爷子正纳闷地问程伦："木头笨重，怎么坐上了木轮椅？"

被屋内的暖气一烘，程伦苍白的脸颊上泛着几分病态的潮红，咳嗽几声。

程彰抢先一步，兴冲冲地替他解释："我听说了，有个不明来路的老和尚给二弟算了一挂，说要找柏袈山的老楠木做轮椅，可以保他安稳地过个冬。二弟你也真是的，怎么什么都信，说不定人家诓你呢。”

程伦笑了笑：“试试也无妨。”他看见餐厅那边摆着满桌子的菜都凉了，“爸，你们没吃呢？”

老爷子说：“你老娘不下楼，吃不了。”

管家叫人把菜撤下去，温着。

容心凝问谢棠：“饿不饿？饿了先去吃块点心，一时半会儿可能还吃不上饭。”

谢棠说不饿，容心凝说：“来，我带你去烤红薯。”她将程勋撇开，带着谢棠从侧门出去了。

程家后院的一角，避风。容心凝找管家要了几根干木头，四个生红薯，一盒火柴。谢棠捡起草地上的枯枝，折成小段，用来当火引。

把红薯放进刨出来的小坑里，加上木头，擦亮火柴点燃枯枝，摇晃的火苗逐渐变得旺盛。

谢棠一瞬间仿佛回到还在玉堂的日子。

她常常一个人生火取暖，再发会儿呆，时间久了就昏昏欲睡，坐着打盹儿。

怎么也没想到，现在容心凝会陪她做这些。

“冷不冷？”容心凝问。

“不冷。”谢棠说，“屋里闷。”

“对，出来反而舒服。”容心凝妆容精致，五官美而冷艳，谪仙似的人物，时不时用树枝拨弄着灰尘却也不觉得违和。

“程彰说话我不爱听，以后他要是说你什么了，你也别往心里去。有些天生高高在上的人，最喜欢作践别人。”

谢棠点点头。

“我们很像，我十九岁开始在夜场当舞娘，跳脱衣舞。”都是前尘往事，容心凝不介意再提，“后来认识程勋，我们相爱了。跟他在一起并不容易，阻碍太多，但我不怕，原本就一无所有没什么好失去的，只图个开心，及时行乐，就答应跟他试一试。刚开始谈恋爱的时候我没想过我们能走到今天，没想到我们会有一辈子这么长的缘分。”

她眼里有太多感慨，说起来时却平静无波。

烤熟了的红薯被从灰堆里扒出来，谢棠闻到一阵香味。

容心凝说要叫程勋来尝尝她的手艺，她说话时兴高采烈，像个想邀功的孩子。谢棠独自守着快要熄灭的火堆，想着要不要也留半个给程越珩。

楼里突然响起刺耳的动静，是瓷器被摔碎，还伴随着几句气急败坏的训斥。

是老太太的声音。

分贝不高，谢棠也没完全听清，心却猛然悬起。

她拍拍手上的灰，也不管红薯了，小跑着进了屋。程越珩刚好下楼，额头上被茶盏砸出来的伤口太过明显，不止谢棠，一屋子的程家人也都愣了。

老太太再凶悍，也没对亲孙子出过手。

这是第一次。

谢棠和程越珩的视线在空中撞上，她除了担忧，还有一瞬心头涌上难言的隐痛。

她额头的伤正快速愈合着，藏在头发下，不露端倪。他的伤口也在差不多的位置，新添的，是最亲近的人给的，不能躲避。

那天，谢棠没吃上亲手烤好的红薯，程越珩也没尝到一口，他拉着她走出了富丽堂皇的程家。

04

没过一个小时，圈子里的人都知道了，程越珩为了一个戏子同家里老太太闹翻了。他老子程勋是个情种，为了容心凝，曾一度成了别人眼中的笑话。

都说程越珩是有样学样，要步后尘。

谢棠不知道外面的狂风骤雨，在公寓里研究几位越剧大家的作品，一遍遍地听，一遍遍地琢磨。程越珩问及她以后的打算，她摇头说不知道。

他于是给她出主意：“不如选择一位好老师，去拜师。”

谢棠说：“人家不一定会收我。”

“你还没去试过，怎么就知道了结果？”

思想来去，谢棠觉得程越珩的话在理。

她开始动了心思去准备。

程越珩到家的时间越来越晚，好几次直接睡在公司。他中途犯了胃病，郑子邺来家里替他拿药，谢棠才知道这事儿。

郑子邺说，休息不好，三餐不定，以前就进过医院，这次也是早晚的事。

谢棠被吓了一跳。

晚上程越珩终于回来睡觉，黑暗中她搂着他的脖子，忧心忡忡：“你知不知道什么叫英年早逝？”

“这是咒我呢。”程越珩声音困倦，沾枕头就睡。

“我厨艺不错，做饭好吃，这你是知道的，你要是不介意，我可以每天中午给你送饭，督促你准时用餐。”

程越珩模模糊糊应了声：“好。”

第二天谢棠就付诸行动，公寓附近有地铁口，出行方便，她带着煲好的汤和可口的饭菜乘坐地铁去程氏集团见他。十分钟左右的路程，悠闲地刷刷手机，网上瑶芝与程越珩的绯闻再寻不到半点儿踪迹。

谢棠心情大好，脸上不自觉带着笑，一路走进程氏集团。

被拦下了，才醒悟没有预约她根本见不着人。

“小姐，请问你有什么事情？”

“给……给程越珩送饭。”

这话说出来不像是真的，果真，前台工作人员也不信。

谢棠打程越珩电话，没人接。

谢棠尴尬地站在原地，想起来问：“你听得出来你们程总的声音吗？”

工作人员一头雾水。

谢棠手机里有段音频，今早赶在程越珩出门之前逼他录的：“我会按时吃饭，按时休息。人不是工作的机器。我如果不听谢棠小姐劝告，英年早逝，名下全部财产归她所有。她将吃我的，用我的，花我的钱包养年轻帅气的小鲜肉。”

两个工作人员感觉如有两道天雷从头顶滚过，等谢棠进了电梯，也没缓过来。

很快，谢棠还未进门便觊觎程总家产的事情，在程氏集团的员工群里传开，吃瓜群众个个八卦。

谢棠只知道程越珩的办公室在八十五楼，出了电梯，茫然地打量环境。

前方一扇门猛地被拉开，里面的人怒气冲冲地迈步出来。谢棠没见过程越珩盛怒之下的样子，这是头一次。

凛然的压迫感，叫她一时忘记了说话。

等她回过神来，他又进了隔壁的门。

身后匆匆追出来几个西装革履精英打扮的男人，孙文霖在其中，他倒发现了她，走上前来：“谢小姐。”

谢棠说：“我来送饭。但是……好像来得不是时候？”刚爆发的火山，温度灼人，方圆百里，皆不宜靠近。

“太是时候了！”此刻孙文霖看她的眼神就像看着一个有降温奇效的冰袋，他推了推鼻梁上的眼镜，镜片上反着光，“刚开完会正好到了饭点，程总也该饿了。谢小姐，您快进去。”

面前的门虚掩着，没有完全合上，留了一条两指宽的缝。

谢棠敲门，等了等，里面飘出来一个极不耐烦的声音：“进。”

程越珩以为是底下部门的人来送新方案，却不见人，门缝里先伸进来一只手，手里拎着白色的保温桶，上面画着肥墩墩的棕色浣熊和小青蛙在跳绳。

“程总，你该吃饭了。”谢棠冒出头。

程越珩看见她，空荡荡的胃似乎起了反应，他突然感觉到饿。

热汤香浓，饭菜精致。程越珩挑剔，谢棠做饭时花费了不少心思，讲究色香味俱全，她甚至觉得被这样磨砺一段时间之后，她可以去大饭店里应聘当厨师。

看她如释重负的样子，程越珩觉得好笑：“你干什么？”

“松了口气。”谢棠直说，“从电梯里出来就看见你发火，心里有点儿害怕，担心我无辜受到牵连，那我可真是太冤了。”

“我又不是神经病，不是看见一个人就发火。”

“工作上遇到问题了？”谢棠说，“不过你跟我说了，我可能也听不懂，帮不了你什么。”

“你给我送饭就帮了很大的忙。”

“这话我爱听。”

恋爱过程中，不是每个人都能站在伴侣一方的立场上珍视对方的付出的。

谢棠望了一眼落地窗外，白茫茫有什么降落，原以为是雨，走近了看发现是下雪了。势头不大，轻飘飘地落在窗上，立即消融了。

程越珩也问：“下雨了？”

“是下雪啦。”谢棠趴在窗上张望整座城市。

程越珩吃完，拿起办公室里备用的雨伞：“我送你下去。”

“不用了，你忙吧。”

“走动走动有助消化。”

“那好吧。”

两人进了电梯，程越珩看手机，发现有一个来自她的未接电话。

“你打电话给我了？”

“当时才知道，没有预约进不来。”

“正好带你下去刷脸，以后没人再拦你。”程越珩把孙文霖的号码发给她，“以后要是联系不上我，也可以找他。”

午后闲暇时间，一楼大厅里来来往往的人多。有意无意，都偷瞧那从专属电梯里走出来的一男一女。男的大家熟悉，是他们的顶头上司。女的瞧着眼生，不是以前常来串门的鲁四，也不是新晋的国民女神瑶芝。

只有前台的两位工作人员，听过那段音频后，已经心里有数。程越珩经过时，他们站得更加挺拔精神，面带微笑鞠躬问好。

谁知程越珩走过去了，又退回来，两人脸上依旧笑着，心里开始打鼓。

程越珩盯着其中一个人的手，问：“那是什么？”

对方惊愕不已，顺着他的视线看到自己手背上的暖手贴，其四分之三藏在工作制服里，还有四分之一不小心露了出来。

这眼睛也太毒了。

“程总对不起。”前台工作人员惶恐。

“还有吗？”程越珩问。

工作人员微怔之后，立即反应过来，从包里翻出两个新的给他：“有的。这是一次性的暖手贴，可以直接握在手里，不会烫伤皮肤。”

“谢谢。”

“您不用客气。”

程越珩把要到的暖手贴转身交给谢棠：“外面冷，撑伞手会冷。”

他说得再平淡不过，却在人心里搅起巨波。她想起有一次听娱乐广播，恋爱大师教人恋爱，如何让一个女孩儿为你降落，雨中倾斜的伞，感冒时喂到嘴边的粥，傍晚回家路上十块钱买下的一枝玫瑰，她从此降落在你湖心上的舟，不愿再离开。

谢棠握着暖手贴，也说了声谢谢。

程越珩叫住一个熟面孔：“让人把一楼大厅的温度适当调高点儿。”

05

雪断断续续下了一星期。

谢棠风雨无阻，每天中午去程氏送午餐。除此之外，就不再出门。她给看上的一位越剧老师写长信，在信中详细介绍了自己的情况，希望拜在她门下。

就是不知老师能不能看上她。

拜师这事儿，徒弟先选中了师父，师父也要看得上徒弟，两相情愿，才能成。

其间廖小晴找过谢棠，说魏翔遭了报应，在赌场输得倾家荡产。C市不比玉堂，没人卖他面子，拿不出钱，就要用别的来换，据说他连夜逃去了东南亚。

程越珩虽然没提过，但谢棠心里清楚，他恐怕在背后推波助澜使了些手段。

“你和你家那位……感情还稳定吧？”廖小晴打心底觉得谢棠和程越珩的这段感情不靠谱，门第之差是婚姻难以逾越的鸿沟，从古至今一贯如此。都说二十一世纪了，真爱至上，讲究门当户对是思想糟粕，可事实如此，灰姑娘的故事终究只是故事而已。

廖小晴怕问多了，谢棠会为难，于是点到即止。

谢棠说：“我跟他很好，只不过年底他很忙，没有什么时间陪我，我能理解。”她年纪不大，但也不是黏黏糊糊撒娇要男朋友陪的个性，一个人独处同样能找乐子。

楼下不远处有两个小孩儿在堆雪人、打雪仗，谢棠坐在飘窗上饶有兴致地看着，笑着说：“小晴姐，祝我们都恋爱顺利，现在在谈的感情有个圆满的结局。”

又过几天，谢棠发现程越珩的工作似乎真的出了重大问题，他极致的加班忙碌之后，是极致的空闲。自从前天晚上回来之后，一直没有再去过公司。谢棠欲言又止，最终还是闷在心里没打听，自己反倒关注起了财经新闻。

而且她成了程氏集团的死忠粉，一天要点开他们的官方微博看十几次。

分明知道即便集团内部波谲云诡，外面的人很难窥探到一二，看到的或许也只是假象，可还是忍不住关注着。

程越珩不工作时爱好颇多。

他有时同谢棠下象棋，谢棠一般撑不过两分钟，换成五子棋后，能拖到三分钟；有时手机斗地主，一代雀神程家老太太磨砺出来的好苗子，自然战无不胜，就没输过；有时同人组队玩手游，他是新手，开着队伍语音，队伍里的小朋友用方言骂他菜，谢棠听见，一口水差点儿喷出来；最无聊的时候，他在扫雷。

晚间如果他不去健身，就跟谢棠看电影、看电视，古今中外，好坏不挑。

他将她当作抱枕，或是猫，恨不能团成一团，塞进怀中取暖。

屏幕上在放恐龙的纪录片，形单影只的火盗龙被浪潮卷到小岛上，进入矮驰龙的地盘，小岛危机四伏。火盗龙潜伏在矮驰龙附近，紧盯自己的猎物，伺机而动。程越珩看得认真，谢棠躺在他怀里偷偷看手机，论坛里的金融大佬正在分析程氏最近的变动。

据可靠消息……程氏高层大换血……首席执行官……

怕程越珩发现，谢棠每次装作不经意地快速偷瞄两眼，看到这些字眼。

最后还是不慎被程越珩逮住。

“老看什么呢？”他一把夺走了她的手机。

谢棠慌慌张张想抢回来，他右手扬得老高，她趴在他身上，仍够不到。

程越珩在她的干扰下匆匆浏览完页面，然后扔还给她。

该看的，都看完了。

谢棠既窘迫又不好意思，而他依旧老神在在，继续看白垩纪弱肉强食的恐龙世界。迅猛龙用前肢攫住了原角龙的头，锋利的脚趾勾爪刺进它的腹部，嘶吼声惨烈。

程越珩视线平视前方盯着电视，嘴上却说："想知道什么，还不如直接问我。"

"为什么不去上班？"

"我失业了。"

谢棠觉得"失业"两个字从他口中说出来，莫名有种荒诞感。

"难道分析帖上说的都是真的吗？"

"百分之三十是真的，百分之七十是假的。"程越珩说，"两次决策连续失误，导致公司利益受损，董事会追责，我引咎辞职了。事情没办好，就要承担责任。"

他三言两语概括了全貌，谢棠知道事情远没有这么简单。昨晚她还接到了容心凝的电话，容心凝让她多陪陪他，这段时间他不会太好过。

那日砸碎的茶盏，似乎预示着有什么破碎了，裂痕产生，难再修复。两位老人家，如今仍是程氏最大的股权持有者，失去他们的助力，关键时刻程越珩如履薄冰。

"明天小年，我们要不要去看望一下奶奶？"谢棠问程越珩。

"你该出门走走了，不然会发霉的。"她说。

谢棠每日替程越珩额头上的红肿上药，总会感同身受有些心疼。

他是程家两位老人一手带大的，好比手掌心的软肉，不见面时尚且能忍，一旦看见了怎么会不动容？

然而现实却是，第二天，谢棠与程越珩顶着雪花，连程家院前的大门都没能进去。

老管家站在铁栅栏内撑着伞，神色为难地告诉程越珩：“老太太发话了，说不让进。”

程越珩跟管家说：“我再站着等等。”

这场面，比演电视剧还苦情。

他叫谢棠去不远处的亭子里避风避雪，谢棠思量过后说：“我要是走了，就显得我既市侩又不义，好像我跟你只能同甘不能共苦。”

程越珩说：“奶奶在屋里能看到门口，你不在，门兴许能早点儿开。等门开了，我再叫你。”

“那咱们就劳燕分飞了。”

谢棠在亭子里坐着，石板凳冰凉，但又比站上两小时要强。旁边有棵老樟树，枝丫伸到亭子顶上，呼呼摇曳着。她不停地轻轻跺着脚，鼻尖和脸庞仿佛失去了知觉，只有眼睛微眯着，看着程越珩的方向，雪中的黑色背影颀长。

刚才两人还跟开玩笑似的，她装作心大，他也面上未曾显露，实际上和程老太太闹翻，他心里不知道会有多难受。

四十分钟后，程越珩没等到大门敞开，等到了大伯程彰和二伯程伦。

一见这情形，程彰满脸诚恳地安慰了程越珩几句，说看见老太太一定替他求饶，一定求到老太太心软。

程伦出行依旧坐在他的柏袈山木轮椅上，膝上盖着线毯，形销骨立。寒冬难熬，面色一日差过一日，往年他去温暖的地方过冬，除夕夜团圆饭的饭桌上他经常缺席，今年迟迟还未动身。

一声轻微的响动，一串佛珠从线毯里掉出来，落在雪地上。

程越珩立即俯身捡起，被人攥在手中捏了那么久的木珠，触手仍然冰冷。程越珩将东西还给程伦：“二伯。”

“小珩，跟我一道进去。”

“外面冷，您先进去。”程越珩说，“我再等等，等奶奶气消了再说。”

程彰和程伦进了院门。

“老二，你看这次老太太是不是来真的？”程彰问程伦。

程氏集团内部关系错综复杂，有不少旁支的势力，不过当家做主的仍是两位老人。这次程越珩出现决策失误，手底下的团队出了岔子，集团内部有了反对的声音。可如果有老太太的支持，那些反对的声音也就算不了什么，蚍蜉不能撼树。

但倘若没有了那老太太手里的股份做后盾，就又是另外一种完全不同的局势了。

程彰琢磨：“她真舍得？程越珩可是她一手带大的。”

程伦沉默良久，说：“人心各有不同，就看她更看重什么。”他在程家待了这些年，接触到的这些人里，有谁能不看重权势？

程彰笑道：“人生在世，求的就是权势富贵。”仔细想想，又还真有一个意外，“咱们三弟可是老太太的宝贝疙瘩，当年为了娶容心凝差点儿什么都不要了。”

“如今看来，老三是个情种，他儿子也不差。”

后来，雪势渐大。

谢棠回到车里拿伞给程越珩送去：“你好歹把伞撑着。”

程越珩淡笑：“这样苦情剧就不够苦情了。”

他头发上覆了一层白，睫毛上也有雪花。谢棠去够他的手，手指冻得通红，像一根根冰棍，她给他捂了会儿，才想起包里还有暖手贴。谢棠今天出门前没有想过会遭遇这些，未做足准备，包里就放了一个。

“我说话你可能不爱听，我觉得……今天奶奶不会给你开门了。”谢棠撕开暖手贴，塞进他掌心。

“我早知道进不去。”程越珩说。

谢棠惊讶：“那你还站在雪里等？”

“她护着我长大，我却伤她的心，得吃些苦头。”

谢棠听了心里不是滋味，他这是在惩罚自己。

“饿了没有？”程越珩问，“今天过小年，带你去吃好吃的。”

那天他们吃的是法国料理，每道菜都精致，谢棠反而吃得不尽兴，觉得束缚。以前她在玉堂过小年喜欢去老街上充满人情味的小店，偎在炉火边吃碗热气腾腾的牛肉面，再来几颗汤圆，芝麻馅儿的，桂花馅儿，都有。

“不合胃口？”程越珩的声音把谢棠从回忆里拉出来。

“也不是，感觉吃不太习惯。”

“下次换别家。你有没有什么特别喜欢吃的？”

“烧烤和啤酒。”谢棠随口道。

没料到他认真点了下头说："行，我记住了。"

结账时遇到一个人，程家隔了老远的远房亲戚，估摸着是个打酱油的小人物，程越珩只觉得有几分眼熟，具体名姓又一时记不起。

对方跟程越珩打完招呼，掏出卡替他们结账，阴阳怪气地说今时不同往日，钱要省着点儿花。

程越珩接过他的卡，看了眼他的啤酒肚，对服务员说："这位先生喜怀麟儿，今天请在座的所有客人用餐。"

……

出了餐厅谢棠还在笑："你好毒舌，以后我可不敢跟你吵架了。"

"我会让着你的。"程越珩说。

下午程越珩说去骑马，问谢棠的意见。她想让他放松放松心情，欣然答应。

两人开车去了马术俱乐部。程越珩以前经常光顾那家俱乐部，与那里的老板和负责人相熟，他大概几个月前预订了一匹纯血马，算算时间，最近该到了。

问起来，相关负责人却为难地告诉他："马被齐先生要走了。"

"齐闵？"

"对。"负责人说，"他太霸道了，非要您这匹。还说您之前付的定金，他双倍还你。程先生，您看……"

"算了。"程越珩面无表情。

谢棠不会骑马，她坐上去，程越珩牵着马带她走一圈。仍有雪花飘飘扬扬，岸边杨柳垂着光秃秃的枝条。

“齐闵是谁？”谢棠问。

“齐耀芝，也就是你说的那个瑶芝，她的大哥。”

谢棠明白过来其中的关系，对方多半不是真的看中了马，而是为了硌硬他。

见风使舵的人多，落井下石的人也多。连着遇到不开心的事儿，谢棠不想把坏心情带回家，提议道：“待会儿再陪我去大剧院看看怎么样？”

她用手机查了查，今天大剧院还真有演出，排了《游龙戏凤》和《武松打店》两场戏。她在网上买好票：“你不会觉得烦吧？”

——送命题。

“爷爷爱看戏，以前陪他听得多了，现在陪你也一样。”

今日剧院里冷冷清清，观众并不多，开场之前仍有半数的座位空着。

谢棠去找洗手间，路过了演员老师们的休息室。门口站了个圆脸的年轻女孩儿，脖子上挂着相机，手里捧着大束香槟玫瑰在等候，应该是其中某位老师的忠实粉丝。

谢棠犹豫地走过去，问她：“你好，你能卖我一枝花吗，只要一枝就可以了。”

女孩儿爽快地抽出一枝：“送给你，不要钱。”

“谢谢。”她不要钱，谢棠从口袋里摸出一颗润喉糖给她。

谢棠的手机振动了一下，是容心凝的消息，二老今年不准备在家过年，受程伦邀请，打算跟着他一道去暖和的地方过冬，将养身体，大后天就出发。而容心凝和程勋夫妻俩也早早计划好了旅行，如今只剩程越珩一个人落单。

容心凝的口吻，像白帝城托孤。

谢棠看着短信哭笑不得。

她回到程越珩旁边的座位上，双手背在身后。戏还未开场，大厅昏暗，墙壁上亮着几盏光线昏黄的灯。

“藏着什么？”程越珩视线往她身后看。

谢棠凭空变出一朵玫瑰，在他面前画了两道弧线：“神奇的魔法啊，让我们忘掉不开心吧。”

程越珩果然被她逗笑。

“今年你跟着我一起过年吧，我带你回家。”谢棠说，“你答应了？”

“谁说我答应了？”

“收了我的花，就算你答应了。”

Chapter 05

新年快乐

S h e n g s h e n g z i h u a n

01

谢棠给容心凝打电话说："阿姨，我用一朵花把程越珩拐回去啦。"

自从有了一起在冷风中烤红薯的交情后，两人之间的距离拉近了许多，谢棠仿佛真能从容心凝身上看到自己母亲的影子。

"去玉堂吗？"

"对呀，一来玉堂环境好，可以散心。二来C市开销大，在玉堂生活……能省钱！"

容心凝笑弯了腰，幸灾乐祸道："我儿子已经穷到这种地步了吗？"

"这倒没有。"

只不过谢棠瞧着这几天程越珩的遭遇，总不由自主有些可怜他。他一出生便站在高处，一朝跌落，失了权势，想来踩他几脚的人实在太多，不如去玉堂避一避，省得出门就会遇见些糟心事儿。

在谢棠心中，程越珩已经变成了弱小可怜又无助的存在，无依无靠，前途渺茫。

昨晚谢棠还做了个荒诞的梦。

梦里程越珩着装怪异，头发长长，是个古代人的扮相。他穿得单薄，脚上套着双草鞋，寒冬腊月，坐在街上摆摊，面前有一张方桌，桌上一纸一笔一方砚台。他在给人代写书信，写了好半天，换来一枚铜板，买个馒头蹲在街边吃。

梦里还有自动配乐，是谢棠用二胡拉的《二泉映月》。

雪花飘飘，寒风呼啸，那叫一个凄凉。

早上谢棠迷迷糊糊睡醒了，梦里的场景还记得清楚。她翻了个身，从身后搂住程越珩的腰，声音喑哑："以后我赚钱养你，给你盖暖和的被子，穿暖和的衣服，吃香的喝辣的。"

程越珩只当她在梦里说胡话，没放在心上。

等谢棠睡意完全消散了，彻底清醒后再去回想梦里的情形和程越珩的模样，又觉得好笑。餐桌上，她咕咚咽下热牛奶，唇上留下一层奶膜，问对面的程越珩："你相信前世今生吗？"

提到前世今生，程越珩以为她又想说情话撩人，这些日子他领略到了，看多了戏本子的姑娘脑袋里到底储存了多少甜言蜜语。

"你觉得你上辈子有没有可能是个落魄书生？"谢棠接着问。

程越珩反问："那你呢？"

"卖艺的姑娘。"谢棠跟他描述，"你在大街上摆摊替人写家书，我在你对面的楼里拉二胡，拉的还是《二泉映月》。"

程越珩放下手中的咖啡："你卖什么？"

"卖艺。"

"不卖身？"

谢棠看他，一双狐狸眼，眼波潋滟："那要看是谁来买了。"

程越珩起身，抽出纸巾按到她嘴上："把嘴擦擦再说话。"

外边郑子郯和鲁夏宜在敲门。

这两人知道程越珩要跟谢棠回玉堂的消息，特地来送行，带了许多乱七八糟的年货。

程越珩踢了踢门口的一个麻袋：“里面是什么？”

鲁夏宜说：“柚子。”

“玉堂也有，临时去超市就行了。”

“超市买的肯定没我这个好吃、没我这个贵。”

“我没你这么讲究。”

“呸。”鲁夏宜不服气，“明明以前就数你最难伺候，吃个生日蛋糕都挑食。”她头发剃得短，风一吹头皮冷，出门前摘了她爷爷头上的帽子戴着。军绿色的毡绒帽，左右两个护耳耷拉着，衬得她脸小，难得还有几分憨。露出生气的表情时，也像小孩子在闹脾气。“你遇到谢棠以后简直变了个人，现在还要跟她回去过苦日子，二哥，你是不是被下蛊了？”

程越珩敲敲她的帽子，棉花做的帽顶陷下去一个窝：“趁早把帽子给爷爷还回去，小心他揍你。”

“又不是打不过？”

“大逆不道。”

“我就过过嘴瘾，哪敢真下手，虽然他没少揍我。”

郑子郯手里还拎着两瓶酒，跟程越珩说：“给你放桌上了。”

程越珩看了看酒的年份：“今年怎么这么大方？”

“当然是因为可怜你。”

“……”

谢棠去喝水，在隔间待了许久没出去，他们聊得欢，她也插不进去话。郑子郷随和，甭管背后是个什么样的人，见面时总是笑着的，不会给人难堪。

可鲁夏宜不一样。

鲁夏宜在程越珩面前，与在谢棠面前，完全是两副面孔。

她在谢棠面前，有些阴阳怪气，拿鼻孔看人，翻脸比翻书还快。谢棠摸不透她的脾气，惹不起就躲。

她在程越珩面前，真性情，像个鲁莽赤诚又天真的孩子，小时候程越珩他们爬树翻墙赛车骑马，都带着她，当她是个男孩儿。程越珩对她一直很照顾，她叫他二哥，他们曾说要一辈子做好兄弟。

有一次谢棠忍不住问程越珩："鲁夏宜为什么叫你二哥？"

程越珩说："小时候大家一起玩，学电视里的桃园结义拜把子，那群人里面我排第二。"

他们管鲁夏宜直接叫鲁四，就是这么来的。

"郑子郷和我生日只相差半个月，勉强认下老三。"

后面想必还有老五、老六之类的，谢棠好奇的是："那老大是谁？"

"程伦。"

"你二伯？怎么会？"

程伦年纪比他们大太多，根本就不是同辈人。

"我从小在爷爷奶奶身边待得久，而他因为身体不好，成年了也住在老宅这边调养身体，后来订了婚才搬出去。

“他是程家旁支的一个孩子，难产儿，抵抗力弱，经常生病。他母亲生他那日就去世了，父亲早有了新的家庭，对他丝毫不上心。当年奶奶怀了我爸，本来不打算再收养了，后来她说她要是不养，恐怕得出事，就当行善积德，把他抱了过来。”

程越珩想起过去的一些事情：“那时候我们刚上小学，他在C市最好的大学读博，平时就住在家里。傍晚等我们放学回来了，他教我们做作业，跟我们一起打球，我们爬竹竿比赛，他在底下当裁判。鲁四爬到他背上揪他头发，他脾气好，从来不生气……我们拜把子，他也在场，他年纪最大，老大的位置就让给了他。

“后来我出国念书，有好几年没见面，等我回来进了程氏工作，一切都变了。我长大了，他变老了，我们反而生疏了。

“他当年被安排跟人订了婚，后来自己去把婚事退了，到现在还是孑然一身。

“他说活一年是一年，不知道哪一年人就没了，不想拖累别人。”

谢棠听程越珩说起这些的时候两人都喝了点儿酒，是上次在玉堂时，她送给他的梅花酒。用小火温着，酒味很淡，微甜，口感不错，让人一杯接着一杯不愿停下。冬天里喝着酒，说起以前的事儿，平常不会提起的话这会儿全倒了出来。

02

最近天气一直不太好，谢棠查了查天气预报，过年前大概都看不到太阳。

回玉堂的那天下午是个阴天，没下雨下冰雹，已经算顶好的了。

他们出发得迟，抵达时将近傍晚。冬天天黑得早，四野昏暗，前方一户户灯火镶嵌在茫茫夜色中。过了那一道刻着“玉堂县”三字的石碑，路上陆续能遇见三三两两的行人了，多半是外地来的游客，顶着严寒夜里也出来闲逛。

程越珩把车停在老街的入口旁，谢棠刚下车就遇到认识的人，相互打了招呼，对方问程越珩的身份，谢棠也高高兴兴地说是男朋友。

两人站在一起，郎才女貌，十分般配。

程越珩看了看老街两旁的招牌：“你刚才说要去哪家吃饭？”他虽然之前来过一次，全然没了印象。

“我来带路。”谢棠带着他轻车熟路地走进一家规模较大的酒家，从厅堂闯过，出了后门，直接抄近路绕到了后面的一条小巷里。

谢棠说：“第一顿饭我请你，尽地主之谊，带你去吃真正好吃又实惠的。外面那几家味道一般，还贵，是坑外地人的。”

又回到了她熟悉的地方，明明离开没多久，这次回来已经是完全不同的心境。

到了小饭馆，进去一看，店面小，里面还算整洁干净，桌子下备着炉火，谢棠拉着程越珩的手过去：“快来烤火。”

老板和老板娘在厨房，听见外边的动静，隔着布帘子招呼一声，也不见人出来。

落座点菜。

程越珩看了一圈，问：“菜单呢？”

谢棠往上指了指：“在上面。”

“老板说多抬头，对脊椎好，不做低头族。”

抬头看，两边的墙壁上果然贴着菜单，而且比一般的店里贴的位置要高出许多。仰头的弧度再大些，发现天花板上居然有漫画。

马克笔画的简约Q版黑白漫画，线条粗糙，人物造型奇特，长了一只卡姿兰大眼睛的南瓜和头顶长房子的土豆，悬挂在流浪汉的长胡须上打架，谁掉到地上，谁就输了。

程越珩仰着头，将头顶的一话看完，发现右上角标着数字“77”。

“这是第七十七话的意思？”

“应该是。”谢棠说。

“前面七十六话呢？”

“要问老板，漫画是他画的。在天花板上连载，每周一早上店里开门就更新。把上一话揭下来，把下一话的贴上去。我没追过更新，以前来店里就抬头看两眼，但是他有一群狂热小粉丝，天天来催更。”

店里兼顾着卖早餐，玉米馒头又香又甜，大肉包子皮薄馅多，附近的小孩儿上学之前大多来这里买早餐，买早餐的同时看漫画，一个两个三个杵在店里纷纷抬头望天。从店外看，仿佛一群小长颈鹿嗷嗷待哺，成了清晨时分一道奇观。

谢棠听说店里老板年轻时想当个漫画家，后来落魄失意，支撑不起梦想，来玉堂安家落户娶妻生子，平平淡淡过日子。

她问程越珩：“你小时候想过自己长大了要干什么吗？”

程越珩说：“接管程氏集团。”

谢棠惊讶：“你小时候就这么想了吗？”

程越珩端坐着笑了笑：“我的目标一直很明确。”

谢棠刚要笑话他没有童心，又想到他现在被动的处境，消了声。

她想了想，才说：“从小就有明确目标的小孩儿，应该比别的小孩儿辛苦，却又比别的小孩儿幸福。”

积跬步，至千里。

到最后，比旁人攀得高，走得远。

而像她这样的人，从双亲离世的那年起，就囚困在浅浅的池塘里。高中课本里说，不登高山，不知天之高也。不临深溪，不知地之厚也。她不知天高，不知地厚，如今想附着在一个攀岩者背上，去看辽阔世界。

“菜来喽！”没多久，老板端着热气腾腾的菜上桌，“米饭在那边蒸锅里，自己盛。”

桌上一荤两素一汤，四个菜。

程越珩这些年什么宴席没赴过，头一回有人请他吃这么寒酸的饭菜。

碗筷都是从消毒柜里拿出来的，谢棠还是再次起身，递给他一双全新的一次性筷子，说：“你用这个。”

程越珩接过来，说：“谢谢。”

他尝到第一口冬笋，发现味道确实如谢棠说的那般好，并非她夸大。

他们以茶代酒，碰了碰杯。

吃完以后没有立即就走，静坐了许久，老板中途来添新炭，跟谢棠闲聊了几句。

谢棠把手覆在程越珩的手背上烤火，一大一小相叠，她觉得这样炭火不灼人。她用指腹去摸着程越珩的骨节，坚硬得像粒小石子，又去摸他掌心的纹路，被他扣住。

“不要乱摸，”程越珩说，“痒。”

饭馆窗户外映出个黑色人影，踮着脚在往里头瞧。

接着木门“吱呀”被推开。

谢棠和程越珩正说着话，以为是来吃饭的客人，没转头往门口看。直到亲热的一声叫唤响起：“小棠，你回来了？吃了吗？怎么不先回家？哎呀，这是你男朋友吧！长得真俊！”

一刻钟前，黄秀还在家里炒菜忙活晚饭。有人告诉她看见谢棠了，还带了男朋友回来，男方一看就是非富即贵，还开了辆豪车。

黄秀菜炒到一半，把锅铲扔了，叫谢财友过来接手：“听说谢棠那死丫头回了，我去找人！”

她把街头巷尾走了个遍，最后找来了小饭馆。

“你上次怎么招呼也不打就走了？我和你叔叔担心死了，夜里做梦都不踏实，不晓得你在外面过得怎么样，怕你受欺负……”黄秀嗓门大，带哭腔的声音越发听着聒噪。

她对着谢棠哭诉，眼睛却在往程越珩身上瞄。

两人曾在她家门口有过一面之缘，但黄秀记性差，想不起来。

“婶，你别说了，老板在里面画漫画。”谢棠不冷不热地说。

“不干正事儿！”黄秀压低声音啐了一口。

谢棠怕老板听见，想快点儿走，有黄秀在，本来也就待不下去了。她微信扫码付了这顿饭钱。

黄秀一看是她付钱，落在程越珩身上的视线又变了。

“他叫程越珩，我男朋友。”谢棠终于介绍了程越珩的身份。

程越珩向黄秀点头示意，眼神淡漠，没有半分热情。

黄秀找他说话：“你跟我们小棠什么时候认识的？在一起多久了？你是哪里人？家里是干什么的？”

谢棠皱眉，忍不住打断她：“婶，问问题别一下问这么多。”

“哎，你这个死丫头还教训起我来了！”黄秀说着要揪谢棠的头发，程越珩抬手去拿柜台上摆放着的矿泉水，将两人隔开。

黄秀讪讪地收回手。

谢棠和程越珩往店外走，黄秀寸步不离跟在两人身后，她身上的手机突然响了。

来电铃声是洪亮喜庆的《好运来》，音量调得极大，打破了夜色中小巷里的安静。

谢财友在电话问黄秀死哪儿去了，菜都要凉了。

黄秀挂了电话，拉着谢棠往家里走：“走，跟婶婶回家吃饭去。”

“刚才我们已经吃过了。”而她也明明看见了。

“晚上你总得回家住吧？”

“我们在网上订了酒店。”

“跟你男朋友一起？”黄秀把谢棠拉到一边，避开程越珩，开始跟她讲道理，“你回玉堂了，不在家住，跟一个男的跑去住宾馆，让别人知道了都会笑话咱们家……”

谢棠被冷风吹得头疼，懒得跟她争辩，索性说谎：“我跟他连结婚证都领了。”

“真的呀！”黄秀很激动，“你怎么随随便便就把自己嫁出去了？你去过他家里了吗？家里干什么的？你可别被骗了！”

程越珩一支烟快抽完，黄秀还在纠缠谢棠，自欺欺人地压低了声音，说的那些话还是一字不漏地传过来。

他实在没了耐心，走上前说：“小谢，你今晚回家住，我明早来接你。”

月色如水，他一走近，黑色的影子几乎将谢棠笼罩。谢棠还想说点什么，抿了一下嘴，最终什么也没有说。

过了几秒，她才出声：“那我去车上拿行李。”

她看着黄秀，声音里透着疲惫和无奈：“婶，你先回去吃饭吧，我待会儿就回来。”

黄秀目的达成，高兴地应了。她也没有立即走，等谢棠和程越珩走出了一段路，远远地跟在两人身后，看他们走到老街口，打开了一辆车的后备厢拿东西。

黄秀不认识车的牌子，打算用手机拍下来，但手机像素低，拍不清楚。她实在没办法，这才悻悻地走了。

车的后备厢里塞了许多东西，郑子郸他们送的年货，还有衣服和各种生活用品，连程越珩最喜欢的钓鱼竿都带了过来。

谢棠找到三个黑色的行李箱，叫程越珩搬下来。

衣服都是她收拾的。她没想过他们会分开，两人的衣服混合着装在一起，按类别放好，御寒的大衣、毛线衣、贴身的衣物。

三个行李箱长得一模一样，只好一个个放在地上打开。谢棠把自己的睡衣和换洗衣物找出来，还有些她要用的瓶瓶罐罐。

她蹲在地上，通红的手指来回翻翻拣拣，动作并不快，像是被冻得僵硬。方才在小饭馆里积攒的温度，早散了。

她也不说话。

程越珩跟着蹲了下来。

他看到她的眼睛，才发现她似乎是感到委屈。

“怎么了，我又没欺负你。”程越珩格外喜欢捏人脸颊，小时候鲁四就没少被他揉捏。

谢棠也不反抗，反而趁机在他掌心蹭了蹭：“我一直没打算跟你分开，你却让我跟黄秀回去。”

“只是一晚上。”

她闷闷不乐地妥协：“那好吧。你去酒店早点儿休息。”

03

谢棠重新回到了她的小房间。

她从十岁开始住进这里，十余年时间，房间的每个小角落里仿佛都留下了她存在的痕迹。墙上的脚印，床柱子上的刻痕，窗户上斑驳的旧报纸，都与她有关。

可她又记不清，那些年月究竟是怎样度过的。

外面响起踹门声，一听就是谢磊回来了。隐隐约约的电视声，是谢财友在看抗日剧。刚才谢棠进屋前跟他打招呼，他说话前总要咳嗽，嗓子里仿佛含着口陈年老痰……

这些，对于谢棠来说太熟悉了。

她没有去洗漱，愣愣地坐在床上发呆，过了好一会儿，弯腰从床底拖出来一只积灰的绿皮箱子。

咔嗒两声，锁扣弹开，里面只有些零碎的小玩意儿。小学初中高中各个阶段的毕业照，收集的漂亮发卡和发带，一支廉价的塑料外壳的口红，语文老师写的毕业寄语……

那位担任过她三年初中班主任的语文老师曾在纸上写：

谢棠同学，尊敬师长，热爱劳动，表现良好。上课虽从不积极发言，但认真听讲。成绩永远徘徊在中游，但也算稳定。三年里，你闯过最大的祸是与四班的谢磊打架，影响恶劣，差点儿记过受处分。问你事情的起因经过，你总不肯说，守口如瓶。三年里，你做过让人最感动的事是有一次在办公室里撞见我摘下假发的样子，却从未向班上任何人泄露过他们的班主任是个秃头（不好意思地笑）。

谢棠同学，可见，你有你的秘密与艰难，我也有我的秘密与心酸。

但这些都不妨碍，我们努力地活着，对不对？

你像一只小小的蜗牛，只肯待在自己的壳里。即便只是蜗牛，老师也相信你能爬得很高很远。祝你前程似锦，海阔天空。

谢棠仔仔细细将毕业赠言又看了一遍，重新收好。再往底下翻翻，是书本，盖在最上面的有两三本杂志，是高中文学社出的校刊。谢棠语文单科成绩好，作文常常被当作优秀范文，她往文学社投过稿，刊登之后有五块钱稿费和一本样刊。

她专往校刊里投童话故事，过稿率不高，那会儿流行的是“四十五度角仰望天空”和“明媚的忧伤”，她写的无厘头的童话没有市场，没有同学爱看，最后成功的也只有几篇。

谢棠一边坐在床上看自己以前写的故事，一边等黄秀进来。

房间里没有任何取暖设备，不弯腰驼背缩着脖子全靠一身正气支撑，小小的房间宛如一座冰窖。

她苦中作乐地想，杨过躺在活死人墓的寒玉床上，是不是就像她现在这样瑟瑟发抖。

她写的那些童话，总喜欢用同一句话开头，“在很久很久以前”；在结尾，总喜欢写“他们幸福快乐地生活在一起”。

她喜欢大团圆的结局，尽管那些故事发生在离她十分遥远的很久很久以前。到最后的最后，所有人都幸福快乐了。

她想，她也该在所有人之列。

谢棠合上杂志的时候，黄秀终于进来了。

“小棠，还没睡吧？”

她刚叫谢磊去看了程越珩的车，谢磊又去网上查了查，才知道那车大概值多少钱。她心里有数了。

她环视了一圈，没找到一条凳子可以坐，双手在围裙上蹭了两下，挨着谢棠在床沿上坐下，脸上挤出笑：“婶跟你说件事，还有几天就过年了……咱们家的情况你也知道，你叔夏天在景点外边卖冷饮，冬天卖小吃，赚不到几个钱。小磊也没份正式的工作，我不倒贴钱给他就谢天谢地了！”

说起谢磊，黄秀脸上恨铁不成钢的神情倒不像作假。她生就一双小眼睛，情绪激动时，眼角层层的皱纹堆叠起来。

诉完苦，后面的话也毫无悬念，全在谢棠的意料之中。

“你看，你能不能借点儿钱给婶？”

谢棠脸上看不出表情，她低下头，又翻了翻膝盖上的校园杂志：“我没有钱。”

黄秀急切地说：“小程有啊，你看看他的车……”

谢棠打断黄秀的话：“他有是他的，不是我的。”

“你不是说你们都扯结婚证了吗？”

“我们的钱是分开的。”

听谢棠推辞，黄秀急了：“你这点儿小忙都不肯帮？我们是一家人！你爸妈出了事以后，我和你叔叔辛辛苦苦把你拉扯大，供你读书，供你吃，供你穿，花了多少钱……”

“婶，”谢棠没想过，真到了撕破脸皮的这一天，她如此平静，“我们都给彼此留点儿面子，你说的那些话你自己不觉得违心吗？

“当年我父母出事，肇事者赔了多少钱，没有人比你和叔叔更清楚。那些钱我一分没见过，用来付我从小到大的学费，各种开销，绰绰有余。你不用着急否认，我不是小孩子了，也不是傻子，要找证据也不是找不出。

“要说撇开钱不谈，你还对我付出了心血和感情，这些都无法用钱来衡量，那就是个天大的笑话。这些年你究竟对我怎么样，你和我心里都有数。”

黄秀猛地站起来，唾沫横飞，一声比一声高：“你什么意思？我怎么对你了？我和你叔叔虐待你了不成？”

“没有什么意思，我只是想说，你不欠我的，我也不欠你的，我们两清。如果你非要用养育之恩来绑架我，我就会请人来清算我父母留下的每一分钱到底去了哪里。”

“你……”

“明天我会把我的东西全部搬走。”

冬夜岑寂，谢棠大步走出了谢家。

室外和室内是一个温度，同样是绵延不尽的刺骨的冷。很奇怪，她的耳朵和脸颊却在发烧，滚烫。

记得小时候，玉堂当地流传着一种说法，小孩子耳朵发烧预兆着要闯祸，会挨打。谢磊每次看见她耳朵红，就要吓唬她。于是她捂着耳朵，四处逃窜。一个追，一个躲，撞翻了黄秀筐箩里的辣椒，绊倒了晒衣的竹竿。

耳朵发烧，果然要闯祸，要挨打。

最后她和谢磊被罚着挨了一顿打，还被罚着不许吃晚饭。

十岁的谢棠饥肠辘辘时，躲在门缝外看黄秀给谢磊吃红烧肉，边看边咕咚咕咚咽口水。谢棠于是在那一年爱上了童话，她活着就像童话里的灰姑娘，她不要水晶鞋，只想要妈妈做的一碗红烧肉，为此她愿意披荆斩棘，忍下眼泪。

可是她没有妈妈了。

日子流淌，人一天比一天长大。

她在世上独自苟活的时日，超过了有父母陪伴的年岁。她梦到他们的次数越来越少。渐渐地，如果不再翻看照片，会记不清他们的音容笑貌，他们在她脑海中变得模糊。

她哭着从梦里醒来的次数也越来越少，她像是遗忘了那种痛苦，终于变成了坚强的大人。

程越珩也没有睡。

他听见一阵敲门声，坐在窗边百无聊赖地看河边的夜景。十几分钟前，房门也响过，门缝里塞进来一张少儿不宜的小卡片。

这次他都懒得起身了。

直到手机响了，谢棠说：“我在外面。”

程越珩拉开门，她朝他一笑：“还是不想跟你分开。”

“你婶不是非要你回家住？”

“她不是非要我回家住，是想我回去一趟，她好跟我借钱。”

“你借了？”

“没有。”谢棠的声音听起来云淡风轻，“跟她明说了，我没钱。”

“我给了你两张卡。”

谢棠笑了：“那是你给我的，那些钱只能我来花。”

房间里空调开得足，她脱了棉服和羊毛衫，拿上换洗衣服和浴巾直接去了浴室。浴室门还没关，她双手提起打底衫的下摆往上一拔，露出线条优美的年轻身体。

门被脚带上。

淋浴的水声哗哗响起。

程越珩收回视线，重新看起了手里的书。

深夜两人躺在床上，程越珩问起："你家里的事，你要不要跟我说说？"

在他以为谢棠不会说的时候，她开了口："我十岁那年，父母出车祸去世了，开始跟着叔婶一家生活。我有一个妹妹叫谢蓉，被别人收养了。收养人以前在C市生活，后来搬走了，失去了联络。我也去C市找过，没找到。"

好像短短几句话，就说完了，那分明是她二十多年的人生。

程越珩抚摸着她瘦削的背脊："第一次听说你还有个妹妹。"

"她比我小四岁，长得非常漂亮，从小就爱哭。有对夫妻找到家里，说想认她做女儿。是熟人介绍来的，听说夫妻两人都是大学教授，家境好，人也善良，可惜没有孩子。我那会儿才十岁，没人把我当回事，他们直接跟黄秀说好的，有一天我放学回来妹妹就不见了。"

谢棠拨开一丝粘在唇边的头发，收回手，又重新将程越珩抱住，声音低低的，像清晨早起时的音色："我听几个当时在场的邻居说，她自己是乐意去的，走的时候拿着串糖葫芦可高兴了。

"她来叔婶家以后，就没笑过，我怎么哄都不管用……或许真是件好事呢，我只能这样安慰自己了。"

“你哭了吗？”程越珩低头，盯着她看了看。

“什么？”谢棠没听清。

“你哭了吗？”他又问。

“没有。”

她啄了一下他的唇，干燥，温热。

“我没有哭，我相信她是真的去过好日子了，有了新的、疼她的爸爸妈妈照顾她。

“然后……然后，就剩下我一个人在谢家生活。”

“他们对你不好。”程越珩似乎听见了窗外的雨声，又或许是下冰雹的声音，玻璃窗上映着昏黄的床头灯。

“只当自己寄宿在他们家，这样想就好受多了。”谢棠说。

程越珩想起她偶尔提过的一个名字：“谢磊是谁？”

“黄秀的儿子，比我大半岁，算是我哥哥，但是我从来没这么叫过他。比起兄妹，我跟他更像仇人。”

谢棠回忆过去，像小学生告状一样陈列谢磊的罪状：“他偷我的饭钱，反过来说是我偷他的钱，害我吃了一个星期的干馒头。

“考试让我帮他作弊，去厕所传答案。我没答应，他撕了我的作业本。他还让我替他打扫包干区卫生，往我的书包里放癞蛤蟆，还有好多好多，罄竹难书。最难过的一次，是他说让我滚出他家，回自己家去。那次我们没吵，也没打，我坐在板凳上剥豆荚，他爬到树上摘柿子，他突然说，你干吗不滚回自己家去，你都十八岁了，成年了。”

连程越珩也问：“为什么？”

谢棠沉默许久，才说：“因为害怕。”

她闭着眼睛说："我害怕回到自己的家。"

父母出事后，她搬出来就再也没有回去过。她自己家的房子离叔婶家不远，只隔着几条小街，走路十几分钟就到。

上学时，会从门前路过，可她宁愿绕远路，特意避开。

等成年了，能够独立生活了，她还是不敢回。

那座房子里有她的童年和父母，欢声笑语，没有眼泪与绝望。像一个流光溢彩的玻璃瓶子，装着轻柔的云，和煦的风，不会落下的太阳。

如果她走近了，她会毫无征兆地头疼、胸闷、涕泗横流。

那个瓶子在她眼前缓缓碎裂。

她走入无边无际的黑暗里。

"我高中成绩不好，除了语文，其他科目一塌糊涂，高中毕业后读了专科，那时学校外面有个心理诊所。我兼职送外卖，经常过去，渐渐跟里面一个心理医生混熟了。我主动向他咨询过，也接受了很长一段时间的心理治疗……是有效的……"

谢棠动了动："后来……我回过自己家一趟，在屋檐下站了很久，没有头疼和胸闷的感觉了，但还是没有勇气进去。

"我既害怕，又想回去。

"那是我父母留下的房子。"

这些年房子被谢财友和黄秀租了出去。

听说，有外地来的医生租了，开了中医馆。

过两年，又听说陈家夫妻租下来，把它变成了小手工作坊。

再后来，有人租着开了个小卖部。

都是听说，她从来不去看。

这次带程越珩回来，不是没有私心。

“以前就想过，想有个人陪我吃饭，陪我散步，陪我说心事，陪我住进我自己的家。”

程越珩从她的背脊摸到脖子：“睡吧，明天陪你去要房子。”

04

临近年关，租了谢棠家房子的商人原本也不打算再续约。小卖部生意不好，一年下来还要贴钱进去。

合同还剩一个月到期，程越珩跟对方谈好了条件，对方承诺最迟明天上午把东西搬走。

程越珩在里面转了转，白墙灰瓦两层楼的小房子，非常陈旧。木楼梯不稳固，踩上去吱呀吱呀响。二楼常年不使用，堆积着杂物，有老鼠窸窸窣窣的动静，空气中满是浮尘。

二楼伸出去一条走廊，好比是个长长的小阳台。程越珩站在上面俯瞰，谢棠仍站在外面的梨树下。

她抬头，和他的视线在空中交汇。

程越珩问：“不上来看看吗？”

谢棠没说话，也没摇头表态。

程越珩指指身后的一间房：“你以前是不是住这间？看见墙上有毛笔画的身高尺。”他用手比了个高度，“标记着你那会儿就这么一点点高。”

谢棠盯着地面，没有回话。

程越珩擦燃火柴点了一支烟，姿态随意，神情轻松，跟她聊天似的继续说下去："我看了看，有水有电，淋浴和马桶需要重新装。木楼梯太旧了，还有白蚁咬，得换。再把室内粉刷一遍，很快我们就能住进来。"

谢棠仰头望着他，内心仍在煎熬。

程越珩吐了口烟圈，问："对了，你要不要装浴缸？空间应该够。"

谢棠终于点了下头。

程越珩看着她，挑起唇无声地笑了一下，抬头间，瞄到马路对面两座房之间的夹缝里，有什么在动。

程越珩下了楼，小卖部的柜台上散乱地摆着各种零食。他叼着烟，从中挑出几块肉饼，撕开包装拿在手上，蹲在地上啧啧了几声。

谢棠不明所以，愣怔着。

身后的夹缝里蹿出来一只棕黄色的小狗崽，毛茸茸的一团，跑得还不太稳，奋力迈着小短腿，朝程越珩手里的肉饼扑去。

后边紧跟着两只、三只、四只、五只，一共五只，排着队进屋。

程越珩喊："小谢，不要掉队，跟上。"

他将烟头在地上碾灭，专心致志地喂小狗，同时不忘抬起眼皮瞧她。

谢棠扑哧一声笑了，阴霾散尽。

她真的跟在第五只小狗崽后面，跨进了那道门槛。室内早变了样，熟悉又陌生的感觉。

一窝小狗崽吃完食惬意地围在程越珩身边转，他挨个儿摸头，再从柜台上拿了颗水果糖递给谢棠：“这儿还有个没喂。”

谢棠瞪他：“你逗人还是逗狗呢？”

她把糖含在嘴里，柠檬味的，酸酸甜甜。

她开始去各个房间看两眼，身后跟着两只小狗，奶声奶气地叫唤。她怕踩到它们，顾着脚下，注意力分散，心里那些说不清道不明的纷杂情绪反而淡了许多。

从一楼去二楼，完完整整看了一遍。

她身后是程越珩，程越珩身后还跟着狗，一连串，热热闹闹的。

等到下楼的时候，几只小短腿不停伸出去试探，但又不敢真的跳下楼梯，急得嗷嗷叫。

谢棠一次最多运送两小只下去，前前后后一共跑了三趟。

程越珩看着她笑。

谢棠心里动了一下，偏过头，屋檐下的野山茶开得正好，红的，白的，大朵大朵，开得烂漫。

没多久，外面有人来找狗，五只小狗崽全被抱了回去。

只要钱到位，办事效率高。小卖部老板东西搬走后，请来的几位工人立即行动起来，室内粉刷，换楼梯，同时进行着。

小地方，事情传得飞快。又接连有送家电和送家具的货车开进开出，动静不小，大家都知道谢棠要搬回来住了。

带着她的男朋友。

哦，不，是老公，据说两人已经领证了。

小卖部老板退租，谢棠住回自己家，这事儿黄秀反而慢半拍知道。

老房子每年出租，再不济，也能收到一两万的租钱。

这是要断她财路。

黄秀正准备找谢棠哭闹着打亲情牌的时候，程越珩正好上门来取谢棠以前的东西。一个绿皮箱子，还有些过时的衣服，装起来也就半个编织袋。多余的杂物也没有，像女孩儿们偏爱的布偶娃娃，挂在床头的捕梦网，漂亮的桌面摆件，一概没影儿。

谢棠拥有的东西少得可怜，程越珩一趟就能拿完。

黄秀站在门口，频频往外张望："小棠没来啊？"她回头对上程越珩的眼神，深潭一样的目光，让人没来由有些发怵。

刺啦一声，程越珩把袋子拉链拉上。

"她不来了，你有事可以跟我说。"

不知道程越珩跟黄秀怎么谈的，谈了什么，谢棠做好心理准备等她来闹一场，结果风平浪静，无事发生。

她没遇到黄秀，反而在街边看到了谢磊。他新做了头发，染成红毛，带粉调，看着像头假发。整张脸涨得通红，走路摇摇晃晃，应该喝醉了酒。

谢磊也看见了谢棠，冲她吹口哨，比了个下流的动作。

谢棠对他无视，穿过花鸟市场，许多老头儿老太太在摆摊，形成一个小小的集市。一条道走到尽头，谢磊还跟着谢棠。

只不过再转个弯，等谢棠回头，人又不见了，口哨声也消失了。

不远处的墙角，谢磊被一个麻布袋兜头罩住，眼前一黑，膝盖窝疼，被人踹倒在地上，他哎哟哎哟地叫唤起来。紧接着一顿拳打脚踢，马上，他连声音也发不出了。

那天傍晚，谢磊颤颤巍巍地走回家，路上没人帮扶他一把，只有黄秀看见他鼻青脸肿的样子边哭边骂，问是谁打的，谢磊自己也说不出。

他本身就是个混混，在外头得罪的人太多了。

这事儿传到谢棠耳朵里。她想起谢磊原本在她身后跟了一段路却突然消失了，再看看正在路边喂小狗的程越珩，忽而觉得事情可能跟他有关。

女人可怕的直觉。

两人散完步回到酒店休息，谢棠问程越珩，是不是他打的谢磊。

程越珩没否认。

谢棠记得郑子郰提过一句，程越珩从小打架厉害。

谢棠以前为了保护自己不受欺负也非常凶悍，她突发奇想：“我们要不要来过两招？”一脸跃跃欲试。

“真要来？”程越珩都准备去洗澡了，将手里的睡衣搭在椅背上，走过去。

他一靠近，身高腿长，宽肩窄腰，衬得谢棠气势弱，双腿不禁发软。

“你会什么？”程越珩问。

“黑虎掏心，白鹤亮翅，青龙出海。”都是从电视里学的，谢棠反问，“你会什么？”

“跆拳道，柔道，散打，都会点儿。”

“只是一点儿？”

“嗯。”

“那来吧，”谢棠说，“你先出招。”

话音刚落，天旋地转，程越珩一个过肩摔将她放倒，锁头。

“疼疼疼。”谢棠躺着直吸气。

程越珩一只膝盖跪压在床垫上，居高临下，看她装：“刚才用手托着你的背，真摔可不是这样。”何况身下还铺着软绵的厚被子。

谢棠碰瓷，不依不饶地说：“脑震荡了。”

“那你想怎么办？”

“赔钱。”

程越珩说：“要钱没有，要命一条。”

谢棠故作轻薄，细长手指摸他的脸颊：“那就用人来抵。”

她记得以前从收音机里听过一段相声。

但凡公子救了小姐，抑或小姐救了公子，总有如下两种情况发生：

倘若对方长得好看，那么救命之恩无以为报，愿以身相许。

倘若对方长得不好看，那就来世做牛做马，结草衔环。

……

想一想她和他缘分的开端，似乎也是如此。

如今碰瓷，颜控谢棠表示，还是这个道理。

“长得不好看，我只认钱；长得好看，没钱，人也可以。”

她被自己的说法逗乐了，再想想谢磊被揍，实在开怀。她坐起来，搂住程越珩的脖子说：“我爱你。”

程越珩说：“你只是看上了我的脸。”

谢棠笑得更大声了。

05

农历腊月二十九，谢棠终于住进了她阔别已久的家，和程越珩一起。

还是老房子，室内粉刷完了之后亮堂堂的，看着像崭新的。她心里那块腐肉仿佛被挖了出去，有光照进来。

门窗全部开着透气，寒风凛冽，呼吸间空气沁凉。

屋子事先请专人打扫过，谢棠走了一圈，看看有没有哪里还不干净，准备再擦一擦。

程越珩站在人字梯上挂红灯笼，叫她：“小谢，把对联拿过来，一起贴了。”

对联是刚才在街边随便买的,白胡子的老人搬了张长桌摆在门前，现写现卖。谢棠挑了一副，上联是“喜滋滋迎新年”，下联是“笑盈盈辞旧岁”，横批“天天开心”。

程越珩问：“歪了没有？”

谢棠站在外面石阶下认真地看:“左边再高一点。”仔细盯着,“再低一点……好，好，可以了。”

还有几盆盆栽要搬进屋。与人同高的柠檬树和矮墩墩的龟背竹，种在瓷盆子里。谢棠嗅了嗅柠檬叶，微微有些青涩的香味，于是一棵一棵闻过去。

程越珩说：“像小狗。”

谢棠去看他放鞭炮，站在屋檐下，捂着耳朵。看引线被点燃，噼里啪啦，红色的爆竹屑炸得满天飞，空气中弥漫着硝烟的味道。

中午程越珩挑了一担柴回来，谢棠惊讶地望着他：“哪儿来的？”

“路边捡的。”

“啊？”

“从隔壁人家买的。”

他放下扁担，解开粗麻绳，把劈好的干木柴卸下来码在屋檐下，整整齐齐堆放好。

“买了五担，够了吗？”

“足够。”谢棠看他动作利落，问，“你怎么还会干这些？”

“还真以为我是被捧着长大的？”

“难道不是吗？”

“不是，穷养长大的，什么都得自己干。在国外读书那几年，边上学边打工，钱不够，差点儿被逼着去街头卖艺。”

谢棠笑：“表演胸口碎大石吗？”她剥了块核桃肉递到他嘴边。

程越珩低头叼走，嚼了几下，说：“还要。”

谢棠衣服沉甸甸的，揣了满满两口袋的核桃、杏仁、开心果：“嗯嗯，给你剥很多很多，姐姐心疼你。”

“没大没小。”

脸颊被程越珩捏住，谢棠想躲，后退了两步撞到屋檐下的矮树上，树叶上凝结的水珠啪嗒啪嗒往下掉。她推他：“你的手好脏。”

等程越珩松了手，她脸上已经多出几道灰色的痕迹，变成花脸。

有了干柴，晚上可以烤明火，在旁边温一壶米酒，同身边靠坐在一起的人喝一杯，心都暖了。

寒冬腊月，风霜雨雪，关起门窗来，就窝在这一隅，烤得身上暖烘烘的，不管外面的世界天寒地冻。

谢棠抱来几本书，她下午收拾东西从绿皮箱子里找出来的，是她学生时代留下来的为数不多的宝贝之一。

当年在课堂上提防着老师，夹在课本里偷偷摸摸地看，恨不得一头扎进去，如今起了重温的心思。

程越珩拿过来翻了翻，武侠小说、言情小说，连童话和寓言都有。

书页泛黄，卷起边边角角，看着就有些年头了。

谢棠说：“只要不是课本，别的都好看！”

火苗照得脸发烫，她把板凳往外挪挪，摊开一本放在膝盖上，津津有味地看起来，手里攥着把瓜子，边看边嗑。

炉火，闲书，零食，热酒，陪伴的人，想这样过一辈子。

程越珩倒了杯米酒喝，入口温醇，他垂眸看到她书页上的字：“光线不好，费眼睛。”

谢棠兴高采烈地说：“不打紧，我看得清楚。”

她想喝米酒，腾不出手来，程越珩拿着自己的杯子抵在她唇边，里头还剩半杯。

谢棠就着他的手仰头喝完。

夜渐渐深了，面前火堆里偶尔蹦出个火星子，噼啪响一声，随即又恢复了安静，窗户上映着火苗和他们的影子。

程越珩偶尔添根干柴，坐着打盹儿。

谢棠看累了揉揉眼，歪着脑袋枕在他的手臂上："还真费眼。"

程越珩合着双目，声音低沉又懒散："那就别看了。"

谢棠说："你给我念。"

他慢腾腾地睁开眼睛，从旁边放东西的小茶几上抽出一本，是《小王子》，随手翻开一页。

他的声音灌满耳朵，像沉静幽深的湖水。

"在小王子的星球上，花儿都很简单。她们早上在草丛中绽放，到了夜晚，又静静凋谢。

"直到有一天，风不知从哪里吹来一颗种子。

"一朵新的玫瑰，长了出来。"

声音顿了顿，书又翻了一页。

"小王子说，当然了，我的那朵玫瑰，一个普通过路人会以为她和你们没有两样。

"但她单独一朵，胜过你们千万。"

他吐字清晰而节奏缓慢。

"因为她是我浇灌的，因为她是我放在花罩下的，因为她是我用屏风保护起来的，因为她身上的毛毛虫，除了两三只要留着变蝴蝶，其他的都是我除掉的。

"因为我倾听过她的哀怨，她的吹嘘，有时甚至是因为她的沉默。

"因为，她是我的玫瑰。"

风声停歇了，雨声停歇了，万物销声匿迹。

第二天是除夕，大街小巷的鞭炮声陆续响起，前所未有的热闹。天色渐暗时，有人放烟花，姹紫嫣红，把一整个春天搬运去了天空。

谢棠特意穿上了红色棉袄，领子上有一圈暖和的白色兔毛，围起来，显得她脸好小，年纪也小，像个十七八岁还在读书的学生。

她蹲在马路对面跟几个小孩儿玩摔炮，摔一下，响一下，伴随着小孩儿的笑声和叽叽喳喳的吵闹声。她抬头，看见程越珩站在屋檐下，她冲他招手，大声喊他：“叔叔——”

她笑眯眯地指使小孩儿们一块儿喊，喊了叔叔，叔叔会给红包。许许多多个小喇叭，朝程越珩万箭齐发：“叔叔——”

程越珩只是看着谢棠笑，星目剑眉，扬着嘴角，笑得她心头发慌。

真的发红包。

挨个儿发，每个小孩儿都有，轮到谢棠，程越珩就两手空空。他说：“没有了。”

谢棠不信，把手伸进他的大衣口袋里摸了个遍，找出最后一个隐藏的红包，比所有小孩儿手里的加起来都要大。

晚上的团圆饭，两个人决定吃火锅，煮沸的浓汤热气腾腾，洗好的各种蔬菜水淋淋地摆在桌上，新鲜肉卷下锅，不一会儿就浮起。

“新年快乐！”谢棠说。

程越珩跟她碰了碰杯，说：“新年快乐！”

吃过饭后，谢棠说要去上头香——新年的第一炷香。

玉堂本地有座香火旺盛的寺庙，平日去祈福的人就不少，新春年头更不用说。寺庙建在半山腰，道路窄，又弯弯绕绕，开车的人少，步行的人多。大家跟赶集似的，朝着一个方向去，路上遇到熟面孔还能边走边唠几句。

没有路灯的地段，各人手中拿着手电筒照明，许多光束把漆黑的路途点亮了。

“冷不冷？”程越珩问谢棠。上坡的路费劲儿，她挽着他的胳膊。

“不冷，就是累。”谢棠喘着粗气，走着走着，身上已经微微发汗，只有鼻子被风吹得红红的。

他们前头是一对父女，父亲背着女儿。胖乎乎的短发小姑娘舔着手里的糖葫芦，老回头看他们，瞅一眼，就做贼似的缩回去。

谢棠含了颗椰子糖在嘴里，跟程越珩说：“她看你呢。”

“怎么不说是看你？”

“你比我好看，小姑娘都喜欢看你，我也喜欢看你。”

谢棠光顾着说话，没看脚下的路，右脚打滑往前扑，程越珩反应快速地拎住她。她呵出白雾，气息不稳：“看看，我这叫为你倾倒。”

程越珩笑，笑完亲她一口，继续赶路。

庙前有摆摊的，大多是卖些小吃和零食，还有小孩子的玩具。上台阶，进了两扇大门，又有延伸的台阶，然后才是正殿。

谢棠牵着程越珩走，在一处小窗口买好了香烛。

进殿门，里面乌泱泱一片，蒲团上跪满了人。

程越珩视线往上抬，半空灰色的盘香屑纷纷扬扬地落下，像极了在下雪。座上的佛祖双手抚膝，慈悲望着雪中的众生。

他问谢棠：“接下来做什么？”

“等钟声。”

等时间走过零点，庙里的老和尚撞响新年的第一钟。

数不清的人像稻田里被劲风吹弯的禾苗，不约而同地屈膝跪拜，场面异常盛大。程越珩陪家里老太太去过几次寺庙，吃斋拜佛，头一回看见这样的场景。

头一回这样过新年。

没有电话，没有邮件，没有应酬，耳边连续不断的爆竹声喧闹却又安静。谢棠拉着他说：“我们也拜一拜。”

他跪在蒲团上，人多拥挤，谢棠离他极近。

低下头去，再微微抬起，他望进她的眼底，在她瞳中看见了自己。她身上红色的新衣明艳，正望着他浅浅地笑。

程越珩心说，这像在拜天地。

回去的路上，程越珩比来时沉默了许多，脑海中仍不断浮现起刚才那个画面。

谢棠却误以为他情绪低落，仔细想想，这恐怕是他过得最凄惨的一个新年。

他当年在国外读书时，尽管也回不了家，至少那些关怀都在，有家里人惦记着他，嘘寒问暖。如今奶奶要彻底与他划清界限，将他的微信和电话号码全拉黑了，他连一句祝福都没办法送出去。还有不少见他失势的人，当年热络，如今个个恨不得踩上一脚。

走到家门口，檐下留着灯。

灯光照见大门上的对联，正中央的横批上写着“天天开心”，喜庆又醒目，谢棠是希望他能天天开心的。

谢棠一边掏出钥匙开门，一边说："给你讲个笑话吧。"

程越珩说："你讲。"

"在很久很久以前，有个人叫愚公，他家门前有座大山，挡了去路。愚公发誓要把这座山移走，为此他努力了一辈子。奈何这个工程量实在太大了，他到死也没完成。临终前，他把孩子们叫到跟前说，移山，移山……"说着说着，谢棠唱起来，"一闪，一闪，亮晶晶，满天都是小星星。"

程越珩倒杯水喝，嘴角含笑。倒不是觉得笑话有多好笑，只是看着她故意逗他的这副样子，觉得有些可爱。

谢棠又说："一只螃蟹故意咳嗽，它不停地咳咳咳咳咳，小虾问它你感冒了吗，它说没有呀。小虾问，那你为什么老是咳嗽？"

谢棠问程越珩："你知道为什么吗？"

"为什么？"

"螃蟹说，因为我是假咳（甲壳）类动物呀！"谢棠右手握拳，掩住口鼻，"所以我要一直咳咳咳咳。"

两人洗漱完躺在床上。

"有一个面包，它走着走着觉得非常饿，就把自己吃了。

"小毒蛇问大毒蛇，哥哥哥哥，我们有没有毒呀。大毒蛇说，有毒。小毒蛇哭了，说那怎么办，我不小心把自己的舌头咬了，我会不会中毒身亡？"

谢棠想了又想，说："没有了，想不出了。"

程越珩搂住她："那就不想了，明天起来再说。"谢棠的呼吸很轻，气息拂在他颈间。黑暗中触摸到的骨骼，和温热相贴的肌肤，冬天开始让人觉得眷恋。

第二天睡到自然醒，谢棠拉开窗帘，外面的天地一片洁白。

视线所及之处，漫山遍野，银装素裹，没有了别的多余的颜色。谢棠叫程越珩快过来看，她说："在我的印象里，玉堂已经好多年没下过这么大的雪了。

"下这么大的雪，是为了欢迎你。"

06 Chapter

深深爱你

01

融雪时分，让人觉得冷。

程越珩和谢棠连每天散步都省去了，整日待着屋子里，除非必要绝不出门，仿若冬眠。

谢棠搜集来了些新的戏本子，用来打发时间。故事里，多情的姑娘总是遇见无情的郎，赶考的书生容易遇女鬼，鸳鸯多数被棒打，竹马散落在天涯，逃不过阴错阳差，造化弄人。

谢棠眉头紧皱，不知道为什么，看到虐的情节，手板心就会揪着疼。

手机嗡嗡地振动，容心凝在给她发微信红包，一个接一个。十几分钟前，谢棠给容心凝打电话拜年，恰好容心凝没接到，这会儿直接在微信上来找谢棠了。

“谢谢阿姨，不用再发红包了，新年快乐！”

容心凝说：“红包一次只能两百，我还是给你转账吧？但是转账听起来没红包喜庆。”

谢棠嘴一瓢说：“都可以。”话一出口，又连忙改口，“不不不……我的意思是，已经够了，不用再发红包，也不用再转账了。”懊恼地拍了一下自己的脑门，怎么能这么窘？

程越珩坐在火炉旁，拿着平板电脑跟网友下象棋，还差一步，他的马就能将对方的军。他一心两用，看着棋局，耳朵又听着那边的动静，嘴边的笑溢出来。

棋局结束，下了线，索然无味。

果盘下压着张字条，程越珩抽出来看了看，那是谢棠之前列好的清单——回玉堂要和程先生做的一百件事：

一、去看千年银杏树。

二、到古井打水喝。

三、请他吃老街最好的牛肉面。

四、看夜戏。

五、除夕夜上头香。

六、一起烤火织围巾。

七、到谷婆婆家看狐狸。

八、去看呱呱饭店的天花板连载漫画。

九、种一棵橘子树，来年一起吃橘子。

十、钓鱼。

……

为了让程越珩不那么无聊，谢棠挖空了心思。

有的已经完成，前面打了个钩，有的还没有尝试。

程越珩突然问：“附近哪里可以钓鱼？”

谢棠想了想说：“北边的小湖，那里最合适。过两天我陪你一起去。”

过两天遇上舞龙队来玉堂，锣鼓喧天，鞭炮声震耳欲聋。大街小巷两边站满了看热闹的人，大人抱着小孩儿，老人拄着拐杖，个个喜气洋洋。

十三节的龙，追逐前面领队手里举起的宝珠，一会儿翻转，一会儿跳跃，一会儿盘成圈，一会儿摆龙尾。

在大街上表演完，再去人家里。

默认的规矩，倘若想讨个吉利，就将家里的大门敞开，舞龙队自会进来，这当然就免不了要给人一个红包。如果家里拮据，或许不信这个，关着门就好。

谢棠问程越珩：“我们回家开门吗？”

程越珩说：“随你高兴。”

舞龙队按顺序一路走过来，半个多小时后，轮到谢棠家。上台阶，进大厅，在里面舞了一圈。

领队的人又对家主说了些吉祥话。

不等谢棠掏钱，程越珩已经给了个大红包。对方喜笑颜开，出门后还双手作揖连连回头说恭喜发财。

谢棠出门送送他们，蓦然发现马路边看热闹的人群里有个身影，她看着既熟悉又陌生，怕认错，一时不敢贸然开口叫名字。

对方也看见了她，冲她笑一笑。

“谢棠，好久没见面了。”杨长青主动上前打招呼。

他裹着围巾，比少年时长胖了一点，原本瘦得太过，显得颧骨凸出，脸颊微微陷进去。如今这样反而正正好，儒雅俊秀，鼻梁上架着副眼镜，像做学问的人。

谢棠跟他开玩笑："啊，学霸好。"

她以前常常这么叫他。

两人是高中同学，一个学霸，一个学渣。这样的搭档，要在校园小说里，往往会发生许多的故事。

高中毕业后杨长青去了首都最好的医科大学，之后再没有与谢棠碰过面。说来也不凑巧，每逢过年在外读书工作的人都会回乡，两人却从来没碰到过，今天算是第一回偶遇。

"听说你结婚了？"杨长青问。

谢棠点头。回玉堂之后撒谎撒多了，她差点儿自己都要以为她跟程越珩已经是户口本上的一家人了。

"什么时候的事儿？"

"就今年，不对，是去年冬天。"前几天，已经从旧年步入了新的一年。

程越珩就在不远处的屋檐下打电话。杨长青顺着谢棠手指的方向看过去，男人大衣挺括，气质不俗。

杨长青说："祝贺你，还没来得及说一句新婚快乐，百年好合。"

谢棠笑："谢谢。"

谢棠跟杨长青说了几句，两人就相互道了别。

谢棠返身回屋里，程越珩的一通跨洋电话还没打完。她走他旁边过，听见他说着一口流利的英文，声音低沉严肃，却也悦耳动听。

可惜学渣只听懂了两三个单词。

高中英语150分的试卷，她常在50分上下徘徊，离及格线都差一大截儿。

“遇到熟人了？”程越珩问。

“嗯，高中同学。”谢棠说。

说起杨长青，谢棠想起他当年的英语成绩快要成神，几乎每次都能拿满分，题目刁钻的时候，也顶多扣掉两三分。谢棠曾经以为他大学会选择英语专业，以后当个翻译官，没想到最后他学了医。

想起这些，谢棠又多说了两句，语气钦佩：“他是我们那一届的学霸，超级厉害。”

程越珩看了她一眼：“你跟他很熟？”

“还算比较熟，他以前性子孤僻，朋友不多。班上搞一对一帮扶，他跟我组队，我有什么学习上的问题都是去找他。一来二去，就熟了……”

马路对面的杨长青没有走，追了上来：“谢棠，留个联系方式吧，我打过你以前的号码，发现是空号。”

“早换了。”谢棠把自己现在的号码报给他。

杨长青存好，视线看向程越珩。

谢棠给他俩相互介绍：“我男……”她话到嘴边硬改过来，“我老公，程越珩。这位是我高中同学，杨长青。”

杨长青主动朝程越珩伸出手，两人轻握了一下。

杨长青跟谢棠说：“我有个表姐准备开淘宝店，卖那种带有汉服元素的衣服裙子，正在找合适的模特，不知道你有没有兴趣试一试……”

谢棠闲着也是闲着，立即通过杨长青加了他表姐的微信。

等谢棠跟杨长青聊完，进屋发现程越珩不在，不知什么时候走了，也没跟她说一声。

又过了两个钟头，仍然不见人回来。

谢棠原以为他只是随便出去转转，现在又觉得似乎哪里不太对。再一看，放在门角的钓鱼竿没有了。

下午日光灿烂，虽然是个晴天，气温依旧很低。大雪消融了近半，湖边人迹罕至，一看望去照旧是一片白。

上面留着一串深深浅浅的脚印。

程越珩坐在岸边的小马扎上，钓鱼。竿上的鱼饵明明有动静，他望着对面白了头的青山，愣愣地出神，脑海里不知又在算计着什么，山尖上飘荡着霭霭云雾，仿佛终年不会消散，真有仙人隐居在其中。

半小时过去，程越珩没钓到一条鱼。

一个半小时过去，桶里总算多了条活蹦乱跳的鲤鱼，七八厘米长，倘若身上没刺，煮熟了一口能吞下去。

他坐的方向直面太阳，迎着光，睫毛上像染上了金色。他掏出手机看看，没有电话，也没有短信，还以为是光线刺眼，没看清手机屏。

背过身，再看一遍，孙文霖和另外两个心腹的邮件到了，郑子邺发来了语音条，都是跟程氏有关的事情。程越珩依次浏览回复完，半个小时又已经过去。

他看看再无响动的手机，索性直接关了机，一把揣进兜里。他觉得心烦，再也不肯多看一眼。

钓鱼的兴致全无，程越珩收了鱼竿，将桶里唯一的一条鱼放生回水中。都不够吃一顿的，提着回去还嫌麻烦。

他沿着岸边慢慢地走，经过几棵光秃秃的垂柳，经过几个被雪水浸湿的石墩，经过一艘破旧的搁浅的渔船，船身的木板裂开了缝，水漫进来。

他走着走着，脚边滚过来一颗在太阳下闪闪发光的银色小石头，弯腰捡起来一看，发现其实是一颗巧克力。

跟巧克力一同包裹在锡纸里的，还有张小字条，上面写着：“第一天，兔子去河边钓鱼，一无所获地回家了。”

马上，第二颗银色小石头滚过来，引得程越珩又向前了两步。还是巧克力和小字条，字条上写着：“第二天，兔子又去河边钓鱼，一无所获地回家了。”

第三颗小石头很快也出现了。

程越珩展开字条看：“第三天，兔子还去河边钓鱼，河里的鱼跳起来大叫：你再用胡萝卜当鱼饵，我就把你吃了！”

组合起来，就是个冷笑话。

程越珩面无表情地将几张字条看完了，还有第四颗、第五颗小石头，把他一步步从湖边引向灌木丛。

他望着只有几步之遥的枯黄灌木丛，却不愿意配合了，站在原地久久不再挪步。

藏在后面的人暗暗着急，但拿他没办法。

两人耗着时间。

五六分钟后，谁也没想到程越珩会先妥协，事后再想想，连他自己也觉得诧异。他心甘情愿地接受了银色石头的指引如接受命运的指引，走到灌木丛后，在融化的冰天雪地中，看见一根红通通的蹲麻了腿的胡萝卜。

胡萝卜朝他眨了眨眼睛，站起来时，两条腿抖啊抖，不听使唤。

程越珩看她的样子，终于笑了。他一推，她就往后倒，他又连忙将她拉住。

“不生气了吧？”玩偶服里的谢棠问程越珩。她嘴巴的位置没有开口，说话时显得声音沉闷，但听得出来是在笑的。

程越珩松开她，否认道：“谁生气了？”

“那难道是吃醋？”手机还关机，故意让她找不到他。

“没有。”

“一定是吃醋了。”

“都说了没有。”

他迈大步子，轻易就能将她甩开。她的玩偶服笨重，小碎步艰难行走：“等等我……我没答应给杨长青的表姐做模特，那份活儿我没接！”

程越珩停下来，回头问：“为什么不接？”

“当然是怕我老公吃醋啊。”她嘻嘻笑。

“我、没、有、吃、醋。”他这样郑重其事地强调，像个小孩儿似的较真。

谢棠被逗乐了，连连点头：“好了，知道了，你别生气，是我瞎说的。”

谢棠伸出手挽住程越珩。从两人的身后看，高大挺拔的男人身上挂着根胡萝卜，拖着它往前走，画面看上去分外滑稽。

“你去接活儿，我不干涉。”

“杨长青表姐已经在网上找到合适的人了，我就不过去凑热闹了。”谢棠一边走路一边费力地说，“还有啊，杨长青跟我好多年没见了，我们俩要是对彼此有意思，早就……”话说到一半，感觉落在身上的目光凉飕飕的，立即改口，“没有要是，没有假如，我和他绝无可能！”

程越珩看她戴着头套，藏在里面快要笑成一朵喇叭花。

“你好像很高兴？”

她确实很高兴。

心跳得很快。情话说过千百次，这次心境又有些不同，她没头没尾地突然说：“我爱你。”

程越珩没再说话，心脏好像重重地跳了一下。

最后，他回到岸边收起小马扎，拎着鱼竿和各种工具回家了。垂钓好几个小时，钓到的只有身后的胡萝卜。

那是他今天全部的收获。

02

新年的余韵仍在，老街上的各种铺子陆陆续续开了张，回乡的人又再度出发远行，投身到新一年的工作和学习当中。每家每户门前堆积的红色爆竹屑，连同残雪，被扫帚清扫得一干二净。

程越珩没有提回C市的事，谢棠也没有主动问起。

这些天谢棠在程越珩的指导下棋艺进步了许多。有进步就有动力，每天睡完午觉，她开始主动摆棋盘。

天气好，两人坐在屋檐下杀一局，懒洋洋地晒会儿太阳，万事无忧，岁月静好。

在外人眼中，他们就成了游手好闲之徒，混日子，吃老本，万贯家财迟早有一天会被挥霍掉。对面的朱奶奶不止一次在谢棠去菜市场的路上将她拦下，说些家长里短，明里暗里地劝诫。

“你要小菜直接来我菜园子里摘，不要去买，我跟老头子两个人也吃不完……”

“有空还是要自己种菜，不打药，绿色安全吃得放心，比你买的好……”

“莴笋多少钱一斤，又涨价了，真贵，不划算……”

谢棠挎着菜篮子不太好意思地回了家，决定下次买菜换条路线，从后门出进。

程越珩问：“又碰到朱奶奶了？”

谢棠随意坐在台阶上，苦笑道：“嗯，我现在都怀疑她专门在那儿堵我呢。她是好心，但我真有点儿招架不住了。”

程越珩摆好棋盘：“来一局？”

谢棠坐过去，拿起他的保温杯喝了口水，茶香扑鼻，但她喝不出是什么茶。

棋盘上，开局不利，谢棠的炮被对面的马吃了。

她那点儿进步在程越珩面前依旧不够看，一个眉头紧锁，一个胜券在握。

“能悔棋吗？”

“落子无悔。”

谢棠咬牙：“行。”

“可以悔一次。”程越珩把她被斩落的炮拾起，安放到原来的位置上。

大局仍然没有被改变，很快分出胜负，程越珩说：“将军。”

谢棠伸了个懒腰，十指交叉枕在脑后，往墙壁上一靠：“不来了。”

眯着眼小憩了几分钟，谢棠脱了鞋袜把脚伸出去，晒脚丫子。她的手骨感，覆着薄茧，脚却胖嘟嘟的，雪白干净。尽管很用力，五只脚趾头却不能撒开，不受自己控制。

程越珩倒回藤椅上，报纸遮着脸。

谢棠拿手机刷了刷微博，突然想到了什么：“我年前给一位越剧老师写了封邮件，到现在还没收到回复，估计是没什么希望了。”再想想又确实觉得当时的想法天真，对方声名赫赫，演出繁忙，哪有空看邮箱里乱七八糟的自荐信？

“哪位老师？”

“尹西竹。”谢棠带着点儿期望问，“你认识吗？”

“不认识。”

“哦。”

谢棠捏了块绿豆糕吃，左手托在下巴的下方，接住糕点屑。

盒子里剩下半块没吃完的，喂到程越珩嘴边，他张口吃了。

“你想当她的学生？”

“如果她愿意收我的话。”谢棠在这件事上比较佛系，“拜师和收徒都要看缘分，没缘就算了。”

她心里明白，自己资历尚浅，天赋平平，得不到人家的青睐是意料之中。发邮件给尹西竹只是想碰碰运气，没有得到回音，也不会觉得太失落。

谢棠拍拍掌心的糕点屑，手机上弹出一条微信消息。

“咦？谢磊找我……”谢棠才意识到自己怎么还没把谢磊拉黑。

“我有小蓉的消息。”谢磊又是这句老话。

招不在新，有用就行。

但谢棠现在看见这几个字已经无动于衷了,内心没有半点儿波澜，当笑话似的说给程越珩听：“他又拿我妹妹当幌子，想骗我呢。”

“他约你出去见面？”程越珩从藤椅上坐起。

“对，约在覃丘山的亭子里见面，不知道打的什么算盘。”

“要不去见见？”

“啊？”

“反正闲着也是闲着，就当爬山了。”

“你跟我一起去？”

“嗯，给你当保镖。”

有程越珩在，谢棠倒是没什么可担心的了，毕竟她已经见识过他的身手了。

又收到一条谢磊的消息：“棠儿，记得把我妹夫也叫上。”

谢棠不解地看向程越珩：“他特地让我叫上你一起去，为什么？知道你比我有钱，想敲诈你吗？”

程越珩笑了笑，起身：“去了就知道了。”

覃丘山相隔不远。谢棠没把谢磊的话放在心上，就当出门踏青，一路上跟程越珩说说笑笑，沿着栈道朝山顶去。

山里的风清冽，吹着吹着，体内慢慢升起了寒意。日光被两旁茂密的樟树和冷杉严严实实遮住，漏不下来。

出门前谢棠嫌穿得笨重不好爬山，特地减了件衣服，看来是失算了。

快到顶时，隐约能看到古亭的飞檐翘角。程越珩拉住谢棠一把，脚步稍滞：“前面草丛里藏了人，看见没有？”

谢棠一脸茫然地摇头。

“至少有四个，别的地方还有，加起来恐怕不少。”

“咱们现在往回走？”

“走不了，干脆去看看，来都来了。”

两人真小看谢磊了。

他们到了亭子中央，藏在四周的人一个个冒出来。谢棠心里默默数了一遍，整整二十人。黄毛，大花臂，大金链子，应有尽有，冬天统一穿件黑背心，真能抗冻。

其中有个穿大貂的，一看就是核心人物，领头羊。

谢磊也是黑背心的其中一员，站在比较靠前的位置。谢棠明白，他大概是投靠新组织，找着靠山了。

“小棠，来了呀，妹夫也来了。”谢磊手中拿着一根木棍，是从树上新折下来的，一下一下打在手心，自以为很有威慑力。

他围着程越珩走了一圈，也不敢靠得太近，颇为忌惮，眼神凶狠：“妹夫，过年前我无缘无故被人套着麻布袋打了一顿，是你干的吧？”

这事儿程越珩虽然做得隐避，躲开了人群，但难免还是会有目击者。谢磊找了这么久，能猜到他身上，也不奇怪。

程越珩瞥他一眼：“是我。”

谢磊回到大貂身边，冲程越珩质问道：“我还打听到，魏哥在C市出了事，也跟你有关？”

在程越珩看来，谢磊能知道魏翔赌钱的事背后有人推波助澜，这就不那么简单了，凭他那点儿能耐，还不至于能查到这些。

程越珩沉默片刻。

谢磊大声介绍大貂的身份，模样倒显得滑稽：“这是我们王哥，魏哥的好兄弟，今天就是来要你给个说法的！”

大貂从人堆里走出来，示意程越珩：“借一步说话？”

程越珩拍拍谢棠的头：“我去说几句话。”他碰触到她的掌心，冰凉，汗涔涔的。

“看他们人多吓着了？”他捏了一下她脸颊，低头看她的眼睛，眼神平静温存，还忍不住逗她，“没事的，又不是打不过，信我。”

谢棠说：“我没怕，我信你。”

程越珩和大貂避开了众人，来到亭子的另一侧。风吹树丛发出的动静大，其他人竖起耳朵也偷听不到一两句谈话内容。

程越珩摸出烟盒，给自己点了烟，顺手分给大貂一支。

“要说什么？”

大貂接过烟，面相看着凶恶，但态度要比谢磊好上太多：“程少爷，你什么来头，我心里有数，没想要为难你，我何必给自己找麻烦？”

程越珩手指将烟灰弹落，留意着谢棠那边的动静，垂眸冷淡地笑了一下：“那你还来？”

“我刚接手魏翔的摊子，时间短，没什么威信。谢磊嚷嚷着要替魏翔报仇，我要不来，更站不稳脚跟。”

魏翔曾经是玉堂的地头蛇，他走了，冬天爱穿大貂的王松顶上来。

“程少爷，说起来我还要谢谢你，没你魏翔可完不了。”

程越珩问：“你想怎么立威？跟我打，让我故意输给你？”

大貂说：“看起来假，我打不过你，他们又不是傻子。”

程越珩看见亭子外倒在地上的崭新的山地车，问：“那是谁的？”

“我的，买给儿子的生日礼物，刚到手，还没拎回去。”

程越珩灭了烟：“我给你出个主意？”

大貂眼睛一亮，程越珩摆出条件：“魏翔出事跟我有关，怎么查出来的消息？”

“C 市那边有人联系了谢磊，跟他说的。”

“有没有录音？”

“有。”

“把录音和号码发给我。”

大貂答应下来：“声音肯定处理过了，号码拨过去已经成了空号。”

“没关系，发给我就行，这事儿就与你无关了。”程越珩说，“还有，平常多看着点儿谢磊，别放他出来咬人。”

众人翘首以盼，大貂和程越珩总算谈完了。数谢磊最迫不及待，冲过去问：“王哥，怎么样？”

大貂扶起山地车，说：“事情总要解决，但我们二十多个人打他一个，胜之不武。”

直接把谢磊听蒙了，他们这种人什么时候还讲究起了君子做派，拳头够硬就行，能把对方凑趴下就行，哪管用什么手段？

“王哥这……”

大貂摆手，打断谢磊的话。他把山地车往程越珩面前一送：“既然今天我和我的兄弟们都在，你也得给我们一个交代。这辆车给你，你骑它下山，摔死了摔残了是你自己的事，要是你真的大难不死，那也是你的命，以后我们恩怨两清。”

他说完，周围霎时安静下来，只有风声。

连对程越珩怨气最大的谢磊也闭上了嘴。覃丘山陡峭，山中只有蜿蜒崎岖的小路可以通行，两侧灌木葳蕤，荆棘密布。寻常走路都得多注意脚下，何况骑车下去。

倒不至于闹出人命，但摔断腿摔断手的概率太大。

谢磊摸了摸眉骨上结痂的疤，心里暗爽，他没意见。

黑背心成员们也没人有意见。

唯独谢棠脸色煞白，她来不及发出反对的声音，程越珩抬腿跨坐在山地车上，风一样没了影。谢棠追出去几步，曲折的小道上，山地车颠簸着往下冲，如一叶孤舟在滔天巨浪中上下震荡，随时可能被倾覆。

谢棠不知道自己是怎么下山的。她做好了最坏的准备，走到山脚下，看见完好无损的山地车靠在梨树上，只有车轮上卷了许多黄泥。程越珩嘴里叼着烟，手上在编花环，一边等她。

等谢棠走过来，他把花环戴在她头上。

谢棠低着头不看他，不跟他说话，总之就是不理他。

“这次是真吓着了？”程越珩捏了捏她的下巴。

谢棠挣脱开，摘掉花环砸到他身上，露出小狼崽般凶狠的表情。

程越珩一怔，看见她眼底涌上湿润的水光，却死死忍住不让眼泪往下掉。他有一瞬的无措，将人拥住，心甘情愿地认错：“别难过了，是我不好。”

他温声跟她解释，安抚她的情绪：“我跟王松商量好的，我有把握安全下山。我以前参加过极限越野赛，接受过专业训练，玩山地车也有好几年的经验，不会出事的……”

刺激，热血，速度与激情，少年时喜欢追求这些，不惜为此流血流汗。

谢棠心有余悸，听不进去解释，只是狠狠揪住他的大衣。

缓了许久，她才感觉到力气重回了身体。

程越珩将地上的花环捡起来，擦掉蹭脏的泥巴，再次给她戴上，声音带哄：“不生气了。”

“还气着。”谢棠别扭地转过头。

“巧克力和西红柿打架，为什么总是巧克力赢？因为巧克力棒啊。鲨鱼吃了绿豆会怎么样？会变成绿豆沙。狐狸为什么经常摔跤？因为狐狸很狡猾（脚滑）呀。”

程越珩凑到她面前，自问自答，一连说了许多个冷笑话。

她故意板着脸说：“都听过了，全是老掉牙的梗。”

程越珩说：“刚刚用手机搜到的，是新鲜的。”

他看她的眼神柔软而无奈，带着一丝纵容，迫切地想要她开心起来。与除夕夜里，她哄他时的情形如出一辙。

谢棠忽然没了脾气：“你下次再做这么危险的事，一定要提前告诉我。”

“知道啦。”

03

“我带你去兜风。”

程越珩没有任何心理负担地顺走了大貂的山地车。谢棠站在后面脚踏上，双手扶着他的肩膀。

出了覃丘山有一段开阔平坦的柏油马路，缓坡下行，畅通无阻。

道路两边的树与竹林纷纷往后退，头顶白云飘浮，日光倾洒满山遍野。视野中，一切变成温柔起来。

有风吹谢棠也不觉得冷了，只感觉畅快。

她像是重回了少年时代。

她想起她少年时踩着铁架钻进二楼的小网吧，坐在混杂着烟味和泡面味的空气里开机看电影，岩井俊二的《情书》总被反复地播放。

男藤井树和女藤井树被恶作剧的同学们投票一起管理图书；

少年故意拿错同名的卷子，让少女等到天黑，最后两人一起在单车棚里看试卷；

骑单车的路上，他将纸袋套到她头上；

渡边博子站在雪地里对着远山呼喊：“你好吗？”

“我很好——”她说。

山野间回荡着她的声音，似乎在给予回应……

那时的谢棠还没有谈过恋爱，却被深深击中了。心酸而苦涩，她目睹了一场别人少年时的梦，像在空旷的田野上久久凝望着一轮圆月。

也曾想过，自己以后的爱情。

要爱一个怎样的人呢？

会爱一个怎样的人呢？

事实上，她困在生活的泥沼里，连对待明天都不知道该抱有怎样的期待。她闻着鼻尖混浊的味道，在网吧满室的喧哗中突然清醒过来，不曾有过美梦。

而现在，她终于有了答案。

“你好吗？”

“我很好！”

天光收拢时，他们尽兴而归。

夜里下起淅淅沥沥的雨，谢棠把手环在程越珩的腰腹上，侧身躺着。她闭着眼睛，贴着他的背脊，说些漫无边际的话，给他讲以前自己在老街上听到的精怪传说。程越珩说她的声音催眠，抵过良药，听着听着就能睡着。

说到最后她自己也起了睡意，声音模糊。

“以前我看你，抱你，吻你，觉得你高高在上，不可攀。

“当你是依靠，是港湾，是拽我出泥潭的绳索。

“爱你只敢浅浅地爱。”

雨势渐渐大了，斜打在玻璃窗上，留下一道道蜿蜒的水痕。程越珩的嗓音掺杂在夜雨声中，听不真切，像梦呓，他问谢棠：“现在呢？”

许久许久。

谢棠才回答他：“深深爱你。”

Chapter 07

我们分手吧

S h e n g s h e n g x i h u a n

01

三月，春雷阵阵，桃花初绽。

一辆黑色轿车在夜雾中风驰电掣而来，停在老街入口处，巷弄中顿时犬吠连连。

程越珩深夜接到程老爷子的电话。

“爷爷。”

“你二伯快不行了。”这个春日的雨夜，程伦突然病危。

“我马上回来。”程越珩掀开被子下床，迅速穿好衣服，把手机夹在头和肩膀之间。

“夜里开车容易犯困，别自己开车，派来接你的应该到了。”

程越珩挂了电话，发现谢棠拥着被子坐在床头。

“怎么了？”她声音慌乱，似乎被紧张的气氛影响到。她按下墙壁上灯盏的开关，满室橙黄的灯光，眼睛不适应地眯起，瞌睡全无。

“医院下达了病危通知书，说程伦的情况不乐观，我要赶回C市一趟。”

“我跟你一起去？”

“不用，场面肯定乱，你留在家里更好。”

谢棠想到程伦复杂的身世，程家此时必定鸡飞狗跳乱作一团，她去更加惹老太太心烦。

“那你路上注意安全。”

“放心，有人来接。”程越珩在她额头印下一吻。

他走得急，拿起墙角的黑伞就出了门，身影消失在雨幕中。

谢棠站在屋里望着他走的方向半晌回不过神，直到被涌入的冷风冻得打了个冷战，她关上门回卧室，钻进还有他余温的被窝里。

接下来的半个月里，程越珩很少跟谢棠联系。

正是忙的时候，谢棠怕打扰到他，主动打电话过去的次数也不多。她得知程伦去鬼门关走过一遭后捡回了一条命的消息，程越珩似乎又重回了程氏权力的中心。再有别的，她没多问，那是吹刮在远山上的腥风血雨，程越珩不想她靠近，她便只站在岸边。

晚上两个人偶尔会视频，持续短短几分钟，那头就会传来孙文霖催促的声音。

谢棠默默叹气，不给程越珩主动挂断视频的机会，每次都是她先动手按下屏幕上那个圆圆的小小的红色按键，这样心里似乎能舒坦一点。

回归到一个人的生活，时间变得格外漫长。

十秒拉扯成一分钟，几分钟犹如半小时，墙上的时钟滴答滴答地走着，永远没有停歇。

有一次谢棠夜里做梦，没有征兆地突然醒过来，下意识地，她伸手去抱旁边的人，抱到一团冰冷的空气。

在那个时刻，她想他想得要命。

从衣柜里翻出他没有带走的大衣套在身上，点开手机看偷拍他的那些照片，觉得难过，又觉得甜蜜。

谢棠极度无聊地坐在藤椅上刺十字绣的时候，收到了一封来自C市的邮件。

许多颜色的线团码放在桌上的盒子里，膝盖上长长的八骏图才刚刚展开，绣到第一匹马的鬃毛。她看见屏幕上出现的邮件提醒，心一抖，针尖差点儿扎到肉里。

迅速解锁，打开邮箱，查看邮件，一个字一个字地无声默读。

尹西竹给的回复其实相当简单，只有几句话。表示她已经看过谢棠的长信和她发过去的作品视频，至于师徒的事，还得双方见过面之后，再做决定。

尽管她没有一口答应，但总算给了谢棠一次难得的机会。

谢棠没忍住给程越珩打电话炫耀。

程越珩正在公司食堂体验员工餐，孙文霖替他端着餐盘，他接电话，谢棠的声音欢快得打着旋儿似的飘出来："尹西竹老师给我回信了！她约我在C市见面！"

程越珩像被她的情绪感染，眼中也含了笑："那就过来，我让人来接你。"

"不用啦，我可以自己坐车。不过你留在玉堂的车怎么办？"谢棠说，"可惜我没有驾照，不然就直接开回来了。"

程越珩一锤定音："司机会过来，你跟他一起回。别自己搭车，你行李太多。"

"我以前行李很少，遇到你之后，买的东西才越来越多。"

“难不成还要怪我？”

“不，”谢棠说，“谢谢你。”

员工餐尚算可口。

鳗鱼软糯而不腻，卤肉酱汁浓郁，西兰花脆嫩清香，程越珩尝过之后无端想念起冬夜里的一碗米酒和青菜小粥。

孙文霖问他：“你这几个月应该没犯过胃病？”

程越珩放下筷子：“有人照顾着，日日三餐准时，荤素搭配，营养均衡，想犯也犯不了。”

单身狗孙文霖听着心里不是滋味，问完才觉得自己不该问。

“崇林社那边已经谈妥了。”孙文霖说。

“知道，小谢刚打电话说的就是这件事，尹西竹约她见面了。”

崇林社是尹西竹一手创办起来的越剧社团，近几年来想要扩大规模和势力，建造新剧场，正是缺钱的时候。程越珩要雪中送炭，即便有别的目的，她也拒绝不了。

更何况只是多收一个学徒而已。

两天后，谢棠离开玉堂，重新回到C市。

司机照旧把谢棠送到程越珩的公寓楼下，程越珩不在，谢棠收拾好自己的东西，将室内打扫了一遍。屋子本就干净，倒也不费劲儿。

趁时间还早，再换身衣服出门逛超市，计划着晚餐做点儿什么好。她问过程越珩了，他说回来吃。

超市上一层楼就是商场，谢棠转完一圈走进了珠宝店。

她在进门的第一排玻璃柜前看中了一对戒指，戒指的款式素雅简约，没有镶嵌漂亮珠宝和耀目的钻石，是店内档次最低的一类首饰。她想要近看，说了三遍，店员才有动静，不言不语，摆着冷脸从玻璃展示柜中取出戒指。

谢棠心里不舒服，觉得对方扑着白粉的精致脸蛋好似一张假面，太能硌硬人。

但这对戒指，她是真心喜欢。

再一问价格也合适，不刷程越珩的卡，她用这几年自己攒下的积蓄勉强能入手。左看右看，越看越喜欢，最后咬牙买下。

出来买菜，还顺带买了对戒指回去，说是心血来潮，偏偏她又惦记挺久了。程越珩不记得要送她戒指，她就先主动，等时机合适，她送给他也一样的。

路过奶茶店，谢棠点一杯热乌龙奶茶，吸溜一口，心中的郁气消散了，嘴里只剩下甜滋滋的味道。

晚上程越珩回来吃饭，路遇堵车，比在电话里说好的时间晚到了将近半小时。在他开车入库之前，抬眼看楼上，其中有为他而亮的那盏灯。他最近忙得昏天暗地，奇怪的是，在累到极致一刻不得喘息时，会没有缘由地想起谢棠，想起和她在玉堂度过的那段时光。

大概人总是贪图安逸和温暖，本性如此。

这算他和她小别之后的一次重逢，孙文霖下班前提醒他买花。

程越珩在路边的花店里选了玫瑰，很大的一捧，谢棠开门后觉得眼睛不够看，怀里被填满，双手勉强才能抱住。

抱住了花，她就没法再抱花后面的人，只能说：“我好想你呀。”她的眼睛清亮，像盛满了夜里天幕上的星光。

程越珩揉了揉她的头发。

谢棠将玫瑰放在客厅茶几上，心里计划着可以分成许多束插进花瓶里。

“下次不要买这么多啦。”

程越珩骗她：“店里搞促销，买一朵送两朵。”

“还有这样的好事？下次你带我过去看看是哪家花店。”

程越珩笑：“好。”

饭菜热了一遍重新端上桌，程越珩察觉到谢棠今天似乎格外高兴，不知道是因为花，因为重逢，还是因为其他。

谢棠左手指腹轻轻摩挲着口袋里的戒指，笑眯眯地给他夹菜，像出门捡了五块钱。

桌上佳肴，身侧美人，程越珩觉得这才是舒坦日子。

他记得公寓的冰箱里一直是空的，除了酒和水，没有别的。

“出去买菜了？”

谢棠点头：“嗯，顺便逛了逛商场。”

边吃边聊起来，她把在珠宝店的名字隐去，只说还去购物了，店员的服务态度很差，她差点儿夺门而出。她只不过顺嘴一提，没放在心上。程越珩大概从未遇到过这样的事，向来只有他给旁人冷眼瞧，他问：“没生气？没投诉？”

谢棠尝了口香浓的鸡汤，毫不在意地说：“兴许一辈子也只见这一次面，她对我来说和路边的花花草草无异，何必为了这点儿小事破坏自己的心情。”

“你倒想得开。”程越珩语气中有夸赞的意思。

“那是当然。”

02

谢棠和尹西竹约好的见面时间定在周六下午。

兴许是心里装着事，有压力，早上闹钟还没响，谢棠就自然醒了，天光朦胧暗淡，眼睛可以视物，但轮廓都是模糊的。

站在床边打领带的程越珩也只是一个温柔的影子。

谢棠爬起来搂着他的脖子啃了一口，头发蹭到他脸上：“程先生，你好早啊，程氏的首席执行官必须要这么拼吗？”

程越珩擦擦脸上的口水：“特殊时期。”

程氏高层大换血，程伦淡出程氏，他手底下的部门团队需要新的可以信赖的人替换，这不是件容易的事。旁支的势力也连根拔除一并被赶出去，最近总有亲戚来闹，甚至跑到了老爷子老太太面前一哭二闹三上吊，人被逼到绝路上，脸皮全不要了，没什么做不出来。

“我是不是该找个时间去看望二伯？他出院了吗？”谢棠问。

“明晚有空咱们就去。”

谢棠踩着家居拖鞋跟上程越珩，衣帽间两人共用，他利落地挑好一款西装，她愁眉不展不知道该穿啥。

“去见尹西竹紧张得没瞌睡？”

“怕我表现不好给搞砸了，好不容易争取来的机会。”

程越珩看她不安，给她吃定心丸：“答应见你就是同意收你的意思，不然何必浪费这个时间。”

谢棠听了果然心里踏实不少，手指在衣柜里拨弄来拨弄去，最后决定问问他的意见：“我要不要穿正装？”

“你们约在哪里见？”

“福莱楼，中午十二点。”

“是饭馆。”程越珩说，“你穿休闲装，随意一点。”

谢棠见尹西竹的第一面就觉得亲切,因为这位老师面上是带笑的。笑得让人感觉如沐春风，阳光灿烂，连眼角的细纹仿佛都写着“和善”二字。

这让谢棠觉得倍感亲切。

真如程越珩所说，她似乎就是来和老师吃饭的。

戏剧圈里高高在上像天山雪莲般的高贵人物，谢棠以前只在视频里见过，现在到了面前，她们坐在同一张桌上，点菜时还问她吃不吃辣有没有忌口，谢棠受宠若惊，心脏怦怦乱跳。

尹西竹是长辈，是这次气氛的主宰者，她有意放低姿态谦和待人，整个过程就严肃不起来。等初次见面的拘谨过后，两人边吃边聊，轻松愉快。

一顿饭吃完，尹西竹的手机银行冒出短信提示，钱到账了。

事情也该办到位了。

“徒弟，该给师父敬茶了。”尹西竹提醒谢棠。

幸福来得太过突然，谢棠倒茶时恍恍惚惚，敬茶时也恍恍惚惚，笑容堆在脸上，眼神尚有一丝懵懂与不确信。仪式虽然草率，却是尹西竹亲口承认的，等再从福莱楼出去，谢棠就有师父了。

“下午我回社里，你跟我一起去看看，熟悉熟悉环境。”

“好嘞，师父。”

崇林社内传得风风火火，尹西竹领了个新徒弟回来，在外面收的，野生的，在此之前谁也没见过，没听到过半点儿风声。众人猜测其是否有大来头，是不是从哪儿深造回来的，是不是圈里哪个老前辈的孙儿。

不然怎么会让尹西竹收为徒弟，一来辈分就这么高。

别的不说，那张脸确实好看，找遍崇林社，除了郁湘，再没有谁能比个高低。

尹西竹收了十二个徒弟，如今加上谢棠，共十三个。

十二个徒弟下面再有徒孙。在众多徒孙之中，有个叫郁湘的女孩儿最受宠。她家底厚，人漂亮，上头还有三个高富帅哥哥护着。

谢棠一来，大家的目光从别处聚焦到了她身上。

尹西竹带着谢棠在崇林社总部闲逛，对她们行注目礼的多，真正敢上前来搭话的倒一个也没有。这会儿留在社里的都是徒孙辈的，都对她崇敬有加。

尹西竹边走边想，琢磨着其他十二个徒弟都有艺名，是否也该按照规矩给谢棠取一个，但谢棠的身份实在特殊，不能将她放在寻常弟子的队伍当中。

“你就叫十三如何？”

“什么？”

“你的艺名。”尹西竹说，“是不是太随便了？”

“挺好啊，简单易记。”

就这样定下来，谢棠的艺名叫十三。

她给程越珩发消息：“我有新名字啦，叫十三！”

这意味着她将有一个新的开始。

本来以为程越珩不会及时看到消息，没想到他回复得很快：“谁给取的？”

谢棠：“师父给取的，艺名。”

程越珩心想，这尹西竹未免太敷衍了些，钱不该到位得那么快，手上却在打字：“很好听。”

程越珩放下手机。郑子邺因为两家合作的项目来找他，候在一旁，他身后的智囊团共有八名精英，个个严阵以待。郑子邺撇下精英们，上前跟程越珩说悄悄话：“回谢棠消息呢？”

一猜就中。

郑子邺惶惑不安：“你……真上心了啊？给面镜子自己照照，你这哪是跟小情人聊天的表情，对面得是你心肝宝贝儿活祖宗才对。”

崇林社内。

尹西竹被一个电话临时叫走，剩下谢棠独自参观。

她仰着头看环形回廊上的荣誉墙，墙上挂着各种各样的荣誉奖状和演出剧照，在尹西竹的带领下，崇林社已成为国内首屈一指的越剧社团，头上光环无数。

挨着楼梯口的一侧有间房，门房敞开，从里偷偷伸出个脑袋。

谢棠感觉身后有道目光在看她。

回头，发现一个烫着羊毛卷的短发姑娘朝着她眨眼，从门后伸出右手招财猫似的晃了晃：“嗨，你好呀。”

“你好。”谢棠也朝她礼貌地笑了笑。

“我叫何满满。”

“我叫谢棠。”

两人一板一眼地搭话。

大概觉得谢棠没有架子，还算和善，何满满按捺不住八卦之心靠过来神秘兮兮地问：“你是社长新收的徒弟吗？”

谢棠点头。

“厉害。”何满满竖起大拇指，看她的目光带着崇敬，“你应该是社长手底下最年轻的弟子，你一定很厉害。”

谢棠心虚地讪笑。

“你初来乍到，有什么问题可以找我喔。”

崇林社内人员众多，除了演出一团、二团、三团，还设有企划营销和艺术生产等部门，甚至拥有一本自己的刊物叫《越剧天下》，何满满就是负责刊物编辑和策划的小职员一个。

“请问厕所在哪儿呀？”谢棠现在就需要求助。

何满满热情地说：“我带你去。”

从厕所出来直走，经过一号剧场，里面隐隐有声音传出。

“今天有演出吗？”谢棠问。

“是郁湘在排练。”何满满说，“你想看吗？可以进去看的，只要别出声打扰就好。”

两人轻手轻脚地溜进去。

谢棠在进门第一排的座位上坐下，她从电视里看过的舞台绝对不算少，台上演的她却从未听过。何满满在她耳边小声解释："这是咱们社里请有名的剧作家龚舒清老师新编的剧目，还没正式在观众面前演出过。"

崇林社的原创新剧目，也算一绝。

谢棠看台上，有个身段佳、气质出众的，让人的目光不自觉地聚在她身上，唱腔也韵味十足。

何满满知道她在看谁："那是郁湘，是社长大徒弟的弟子，按辈分，你是她师姑。"

谢棠："……"

伴乐一停，站在舞台最前沿的导演和编剧跨步上去说了什么，其他几人都凑到一起来听，频频点头。

稍作调整，又开始排练。

"棠棠，你接下来有什么安排？"何满满自来熟地问谢棠，"社长安排你几时登台？"

"她没说。"

"别着急，你才刚来，肯定想要你先休息休息。"

谢棠觉得，她离登台估计还有一段路要走。

03

因为程越珩的行程临时有变，明晚要去出差，决定和谢棠提前一天去看望程伦。

谢棠从崇林社回公寓，独自吃完晚饭，洗澡洗头换上新衣，编了个松松的鱼骨辫，化了个适宜的淡妆，等程越珩回来接她。

去的途中，谢棠兴致勃勃地打算跟他说自己今天交了个新朋友，但他膝上放着文件，等车绕过坑洼的修路地段，平稳向前行驶，他开始投入到工作中。

车内一片寂静。

程越珩的视线在纸上移动，余光却在看她。

白莹莹的一张脸，笑的时候明艳逼人，轻易勾人魂魄。

他看见了她的欲言又止，正准备问一问，但他又想起郑子邺的那番话，未说出的话彻底咽下去，像吞一根尖利而顽固的鱼刺。

程伦的私人疗养院坐落在城郊，带温泉的园子里种着四季常青的树，长长的玻璃温室里开着永远不败的花，仿佛要替哪个孩子造个缤纷的童话世界。

烟灰色的格纹地毯吸纳了脚步声，走廊的尽头有盏用树枝做的灯，渗出温暖的明黄光晕，指引着人。

才走几步，谢棠又被窗台上的景象吸引了眼球。窄窄的窗台上，摆着手工 DIY 的小屋，屋内桌椅板凳齐全，墙上还挂着黄豆大小的彩灯。再往前，几颗彩绘的鹅卵石堆在墙角，近看发现上面画的是哪吒，踩着风火轮，挎着乾坤圈，雄赳赳气昂昂。

这里的一切都和谢棠想象中的不同。

像是用一朵巨大的棉花修建成的城堡，不是白色的、冰冷的，而是温馨的、可爱的，甚至充满童趣。

这里的主人应该是小王子，而谁又会联想到那个病了很多年的程家养子。

·

程越珩来之前打过招呼，程伦正在等他和谢棠。

为此程伦还提前睡了一觉，他们来了，他正好醒。护工推着他从卧室出来，到了会客厅。

三月倒春寒，夜里凉，壁炉里的火还烧着。

三人其实找不到什么话来聊。当年程越珩矮得像棵小树苗，咿咿呀呀连话都还讲不清楚的时候，程伦抱着他，反而能牛头不对马嘴地说上许久。

中途，程伦随意找了个借口将程越珩打发走："小珩，我在花房里落了枚钥匙，你替我去找找。"

谢棠也跟着起身。

程伦看向她："外边冷，你就别跟着去了。"

室内只剩下两人。

谢棠有预感程伦可能要对她说点儿什么，莫名地紧张。灯光下，她注意到程伦的头发比上次见的时候白了更多，有种心血耗尽的枯败。

程伦让谢棠推他到壁炉前，火光映得他苍白的脸变成了暖色调。

"听人说，你跟小珩结缘，是因为一次车祸。"

"是。"谢棠和程越珩之间的开始，便是那一次救命之恩。

"这样说来，我是你们的月老。"

"您……什么意思？"谢棠脸上惊疑不定，一个设想浮现在脑海。

程伦直接肯定了她的想法："是我设计的。"

“为什么？”

程伦没有回答她。

为了权势，为了家产，又好像不止于此。

有月光的春夜，户外飞花，意气风发的人们谈笑喝酒，簇拥着去河边看烟花。

而程伦或许因为开窗吹了一次风，就要付出代价。他看着落地窗上自己的身影，孱弱病态，厌恶却平静地移开了视线。

身后的谢棠仍沉浸在震惊中。

“在那场车祸中，你救了他，让他娶你，他和你达成了口头协议。然后，你们顺理成章地在一起，相爱了。”程伦的嗓音像雪后的荒原般沉寂。

他又说：“有一年院里来了只流浪的三花猫，小猫很凶，非常警惕，不相信人类。我跟小珩去喂食，离猫还有三丈远，它就撒腿跑得飞快。后来我们俩打赌，看谁先和小猫变成朋友。

“一个星期过去后，我们谁也没有成功，两人还差点儿被猫爪子挠破了皮。

“又过一个月，我连赌约都快要忘记了，有一天从外面回来，发现他蹲在墙边喂一只黑猫吃小鱼干。没过多久，黑猫把三花猫带回来一起吃食，我看着他摸到了三花猫的头。

“那年他五岁，他跟我说，兵者诡道也，笑着赢走了我房间里的机器人模型。”

谢棠静静听着，内心风起云涌。

程伦似困惑不解地坐在轮椅上抬头，希望从谢棠身上找到一个答案："你说，他这样的人，会为一句口头约定，奉上自己的一生吗？"

他自问自答："我不信。"

当初一开始他和程彰都不信，提防着，日夜筹谋。

"可你们演得太好了。"

谢棠心口一窒，反驳道："我们没有演戏，我和他之间是真的。"

程伦脸上牵扯出笑意，冰冷森凉："那就祝你们百年好合。"

"为什么要特地跟我说这些？"

"这次我输了，想看看他是不是能赢到最后。"

谢棠不懂。

告别了程伦从屋里出来，谢棠沉默了一路。

"二伯跟你说了什么？"程越珩问。

程伦要单独见谢棠一次，他拦不住。这次不让，下次程伦也会私底下找她。

谢棠心情五味杂陈："他说车祸的事是他做的，是真的吗？"

良久，程越珩点头："是真的。"

自从他与谢棠定了终身，跟老太太闹翻，再因工作决策失误，继而退出程氏权力的中心，和谢棠一起回到玉堂，背后的人终于慢慢露出马脚，留下可捕获的痕迹。

"车祸，程氏的工程出问题，都是出自程伦之手。"

月光皎洁，照亮脚下的小路，园中寂静，只有他与她的脚步声。

程越珩走在谢棠身后："你还记不记得在覃丘山上，谢磊说魏翔在C市出事跟我有关，对面给谢磊放消息的也是程伦的人。”

“你们已经摊牌了？”谢棠问。

“我从玉堂回来，他病重，事情早就瞒不住了，证据都在。”

“你准备怎么对付他？”

“不用我对付，他已经是半只脚踏进棺材里的人了。一场风寒，入口的食物，随便哪里疏忽了，都会要了他的命。”

程伦这样的人，活一年是一年，指不定下一年就不在了。

可程伦这样的人，为什么会去争呢？

惊蛰那天程越珩陪老太太去苦觉寺求平安符，那时已尘埃落定，程伦辞职，身上全部股份转入程越珩名下，彻底斩断他与程氏之间的牵连。头顶有艳阳，老太太精神却不如以往，昨夜没能好眠，今晨又早早醒了，突如其来的愧疚情绪一下漫上来。

她曾因怜悯将养子程伦抱回身边，却又被自己肚子里亲生的那个分走所有关注，养只猫狗尚且关心它一日三餐偶尔抱来膝上逗弄两下，一直在病中的程伦收到最多的问候永远来自他的主治医生。

到如今，老太太扪心自问，她有愧。

程伦那样的人，为什么会去争呢？

大概是活得不甘，搅弄风云，让那些人多看看他。他虽是自出生那天起就被抛弃的棋子，却也能翻云覆雨。

他来人间一趟，时间虽短，却要人记住他。

咬牙切齿地记住他。

04

程越珩去澳洲出差的半个月，谢棠过得不太好。

她每天准时去崇林社报到，然后无所事事。尹西竹大部分时间里不见人影，也不给后续的安排计划，看着不太像靠谱的师父。无聊到发呆的日子里，她时常想着程伦说的那些话出神。

社里有一批新招的越剧小花正在参加培训，聘请来有名的艺术家们亲传技艺。

谢棠好不容易逮着尹西竹，说："师父，能不能给我一个名额？我基本功不扎实，想跟着大家一起学习。"

尹西竹随意地摆摆手说："行啊，你去吧。"

谢棠于是开启了每天上课下课的日常，仿佛回到了学生时代。

班里平均年龄十七，最小的一个才十岁。这些天大家都听说谢棠的名号，尹社长的十三弟子，年纪轻轻，往后前途无量。

小姑娘们看谢棠的目光带着崇拜和羡慕，买来的零食常偷偷放一份在她的位置上。谢棠觉得不好意思，决定请她们集体吃一次火锅。

可惜愉快和睦的现状没有持续太久。

周四社内课程暂停一天，大家跟着老师去给来C市演出的两位京剧和昆剧老前辈捧场，交流心得。

早上八点，谢棠准时来崇林社等着上课。

等到八点半，还只有谢棠一个人在，这才发现不对劲。下楼遇到蹲在花坛前浇水的何满满，她惊讶地问："你今天怎么也来社里了？今天有别的安排呀，你不知道吗？"

谢棠茫然地说："我不知道。"

没有人告诉她。

何满满是个闲差，浇完花叫谢棠上她办公室去坐会儿，拿手机打开美团点外卖：“棠棠，喝奶茶吗？”

谢棠摇头。

“哎呀，不要不开心嘛，我请你喝芋泥波波茶。”何满满开导她，“可能是她们忘记了。”

谢棠郁闷了两分钟也就收敛情绪，稳住心态，跟何满满一边聊天一边等外卖小哥送奶茶上门。

办公桌上有几本过期的刊物，谢棠问：“我能看看吗？”

何满满说：“你随意。”

谢棠翻了翻内页，照片质量不错，印制精美，看着赏心悦目。

“满满，你是怎么进崇林社的？”

“算是关系户。”

“啊？”

何满满对着办公室墙上的小镜子打理卷发，一小缕一小缕地梳好：“我外公跟尹社长是老邻居，我小时候他俩还想培养我唱越剧，可惜我没那个天分，自己也不太喜欢。”

“那你喜欢什么……我好像知道了。”谢棠刚问出口，一张漫画手稿从书刊里掉落出来。

何满满拉开抽屉，里边的手绘板露出来：“这边事情不多，我闲着就摸鱼，搞搞漫画。”

“不会还是个大佬吧？”谢棠猜测。

何满满神秘一笑，有点儿小嘚瑟：“算不上大佬，微博粉丝三十万。”

“我能欣赏一下大作吗？”

“当然，咱们俩谁跟谁？都已经这么熟了，你别告诉社里其他人就行。”何满满爽快地答应。

“绝对保密，替你捂好马甲。”

“下载漫花 APP，搜画手‘满天星’。”

谢棠照做，一搜，画手满天星，代表作《契约婚姻之亿万总裁的心尖宠》。

谢棠：“？？？”

“记得帮我投月票和评论哟。”

“好的。”

“还没问你呢棠棠，你是怎么认识社长然后进崇林社的？”

“我在网上的一个越剧论坛里找到了师父的邮箱，给她发了邮件和舞台视频，说想要拜她为师，请她考虑一下。”

何满满张大嘴巴：“就这样？”

“对。”谢棠说，“一开始等了很久没有回音，后来突然收到她的回信，约我见面。”

见完面，事情就谈妥了。

“社长那样的大忙人居然真的会看邮箱，然后给人回复吗？”何满满说，“看来你真的很有天赋，不然她不会轻易收你为徒。”

何满满吹了一通彩虹屁。

到这时，谢棠才感觉到不对劲。

尹西竹收她为徒，仔细想想，其中有太多不合常理的地方。

“别夸了，满满。”

何满满不解谢棠为何突然变了脸色：“怎么了？”

“或许，有可能，我也是个关系户。”

再一打听，程氏投资崇林社新建剧场，更加证实了谢棠心中所想。

谢棠被尹西竹破格收为十三弟子，原先还有些自豪在。社里卧虎藏龙，大有厉害的人在，她虽然初来乍到，但心里一点也不虚。如今想通这其中很有可能是程越珩牵的桥、搭的线，便感觉底气不足。

这几天谢棠的心情不可避免地低落起来，与她一同上课的小姑娘们不复以往的热情亲切，零食不再有她的一份，见面仍与她扬一个笑脸，只是笑容生疏僵硬。

谢棠不嘴馋人家的零食，也没想过同谁打成一片，但这其中前后的落差，叫人不自在。

她每日担忧和怀疑，不晓得哪里出了差错。

像个乞丐，又像个泄了气的皮球，做事说话都缩手缩脚起来，日子实在难熬。

程越珩在澳洲忙得连跟她打电话的时间都没有，她每次只好夜里给他发短信。烦心事不想让他再烦心，她敲打着手机键盘，每次只剩下寥寥几个字：

“什么时候回来？

“我想你。”

夜晚等不到程越珩回复，手机跌落在枕头上，迷迷糊糊地睡过去。

第二天早上醒来，第一件事是看手机，按亮屏幕，发现有新消息。

程越珩："四天后回。"

谢棠起床后在墙壁的挂历上将三天后的日子圈起来，洗漱化妆收拾东西出门，心情好了不少，吃早餐时比以往多喝了半碗粥。

在崇林社门口遇到一个左手抱着好几本书，右手拎着纸袋的女孩儿。见她的书快要掉下来，两只手不够用，谢棠上前帮忙。

"我帮你拿书。"

"谢谢。"

两人看清彼此，都微微愣怔。

谢棠觉得女孩儿眼熟，随即想起她叫郁湘，之前还看过她彩排，在社里也经常听到她的名字，是小一辈里最出众的。

郁湘也认识谢棠，远远瞧过。虽然没有面对面过话，但她对谢棠的关注并不少。

郁湘的师父是尹西竹的大弟子，郁湘师父也摸清新来的十三师妹是什么路数，本以为尹西竹会举行仪式，正式介绍一下小师妹，没想到后续什么动静也没有。

郁湘对谢棠起初还有忌惮，可这些天里尹西竹从未发过话让人护着谢棠。刚收的小弟子，本该是最宠的时候，却不闻不问，不放在心上。

郁湘对谢棠的那点儿忌惮因此消散了。

社里的小姑娘们稍经点拨，也自发拉远了与谢棠的距离。

谢棠抱着郁湘的几本书，与她并排走上台阶，听见她突然问起：“你演过什么作品？”

谢棠想了想，说：“《是我错》唱得比较多。”

“在哪个舞台上？”

“玉堂，忠武祠。”

“什么？”郁湘脸上露出的诧异恰到好处，微笑着说，“我都没听过。”

进大门，旁边有置物架，谢棠将郁湘的书放在上面，不打算再跟她多说半句。

“喂，你唱一场能收多少钱？”郁湘在身后问。

谢棠想起何满满的话，她回头，暗暗将背脊挺直，对郁湘说：“按辈分，你得叫我一声师姑。”

霎时，郁湘的脸色变得非常难看。

05

飞机落地，时间是下午三点，程越珩的司机提前一个小时来机场等候。

程越珩说回公寓，上车后闭眼小憩。

前脚回公寓，后脚鲁夏宜就掐准时间找上门来。鲁夏宜环视一圈，发现屋里空荡荡的。

“嫂子没在？”

她对谢棠一贯直呼其名，现在称呼她为嫂子，有戏谑的意味在。

程越珩看她一眼，脱了外套去冰箱拿水喝。

“我也渴了。”鲁夏宜说。

程越珩懒得理她。

“二哥——”

“闭嘴。”程越珩不耐烦地扔了一瓶水给她。

“你跑来做什么？”程越珩揉了揉眉心，他现在只想回卧室洗澡补个觉，赶紧将人打发走。

“刚好路过，刚好你又回了，就来看看。”鲁夏宜坐在沙发上跷起腿，“说真的，谢棠呢？你回来她没去接机？”

“跟着崇林社去V城演出了。”

原本谢棠一直在惦记着程越珩今天回国的事，去V城的演出团队里也没有她，结果尹西竹发话说让近来在接受训练的孩子们一起跟着去，社里另有安排。

谢棠的接机计划彻底泡汤，他还没回来，她就要走。

实在不凑巧。

程越珩走了大半个月，公寓里留下的全是谢棠的生活痕迹。

茶几上多了两小盆没见过的多肉，养得很好，胖胖墩墩的。鲁夏宜用手拨了拨，程越珩出差回来极累，不想再管她：“走的时候把门带上。”

“你不陪我啊？”

“你几岁？”

“三岁。”鲁夏宜笑着说。她手上没轻没重，多肉肥厚的叶片登时被撇掉一瓣。

“放下。”程越珩说。

“小气。”

“谢棠的东西你别动，其他的随你。”

鲁夏宜心里有些异样。

她从小跟着程越珩混，一路走来，也算见证了彼此的人生轨迹。他们是朋友，也是兄弟。

但在谢棠的事情上，鲁夏宜拿不准了。

“要我说啊，你跟谢棠全靠上天成全，她出现的时机太好了。

“你要和老太太闹翻，演一出戏给暗怀鬼胎的人看，谢棠出现就是那个契机。

“要是没有她，也还会有别人。

“我都给你想好剧本了，比如滑雪场偶遇大学女神，天有不测风云，你二人被困暴雪中，情愫暗生，互许了终身。故事听着是滥俗了点儿，就看你们怎么演了，演得真，看客们就会信。

“后面的剧情还是照原来的剧本走，老太太不同意你俩在一起，要棒打鸳鸯，你孤立无援，淡出程氏，引背后的人出来。

“谢棠一出现，都不必请演员了，有现成的了。但既然是演戏，二哥，到底什么时候才能剧终？”

程越珩的视线淡淡扫过鲁夏宜，他情绪难辨，她自觉噤了声，不敢再往下说。

“我去睡了。”程越珩抬脚上楼。

二楼楼梯口，拽着大袋玫瑰花瓣的谢棠瘫坐在地，听到上楼的脚步声，几乎狼狈地连滚带爬地躲进了储物间。

即便如此，她仍不敢发出一点声音。

关上门，许久，她摸出一支烟。

她已经很久没抽过烟，要保护嗓子。以前不注意，进了崇林社，认真学戏，不再是以前随意唱唱的态度。

带着烟，却能忍住不去碰。

她觉得生活与工作都在朝好的方向前进，得到的东西比儿时做过的白日梦里的还要多。

没遇到程越珩之前，她是块烂泥。遇到程越珩以后，她也有了梦想，泥巴捏出了自己想要的形状。

什么都在变好。

外面恢复了安静。她点火的手忍不住地抖，低头衔着烟凑近火苗，好几次才成功。

自她松手后，袋子里的花瓣倾泻出来，堆叠在一起，像凝固在地上的一摊蚊子血。

怪她心血来潮，临时向社里请了假，没跟着大部队前去V城。她太想程越珩，一定要见他，来不及去接机，便买了许多玫瑰花瓣想制造惊喜。

现场还没来得及布置，程越珩跟鲁夏宜就进了门。

惊喜落空，迎来当头一棒。

她靠着门坐着，吞云吐雾，大脑像出了故障的老式电视机，闪现大片雪花。

烟灰全掉在身上，也不曾察觉。

程越珩这一觉睡得香甜，从下午睡到了晚上九点多。

房间昏暗，窗外有朦胧的月光。

他下楼，发现客厅亮着灯，外面阳台上有人。谢棠披着薄毯靠在栏杆上，手里夹着烟，眼睛望着夜色中的万家灯火。

“演出结束了？不是说今天回不来？”程越珩走近。

谢棠回头。

又是一次小别重逢，程越珩等待她像以往一样扑过来抱住他，像养成的某种习惯。

她却迟迟没有动静。

谢棠扬了扬嘴角，笑容很淡，说：“我们只是被叫去学经验的，不需要上台，我看没什么大事就提前回了。”

她拢了拢头发，将烟碾灭在木架上的海棠盆栽里。

程越珩看着她，隐隐觉得哪里奇怪，具体的却又说不上来。

谢棠朝他一笑：“看什么？”

“你脸色不太好。”程越珩问，“是不是哪里不舒服？”他伸过手去探她的额头。

谢棠往后躲了躲，两人皆一愣。谢棠率先有动作，弥补似的，双手环住他的腰，终于将他抱住。

她沉默而倔强，抱他的力道很大，身上的薄毯掉落在地。

“到底怎么了？”程越珩问。

“大概是因为太想你。”她的甜言蜜语依旧张口就来。

程越珩闻到她头发上浅淡的芳香，怀抱却一触即分，她松开了他，向厨房走去。

“饿了没有？要不要给你下碗面？”

程越珩腹中空空，但醒来就在手机上应了郑子邺的饭局。

“不用了，我出去吃。”

谢棠脚步一顿：“也可以。”

“跟我一起去吗？”程越珩问。

“不了，”谢棠说，“不想再换衣服出门，宅家里舒服。”

“那我早点儿回来。”

“嗯。”她弯了弯嘴角。

程越珩换鞋时，她已经上了楼。

SweetMoon，北区新开张的会所，老板郁坤是郑子邺的朋友，他叫来不少人捧场。

酒色财气，众人各有所好。

往高雅处说，这圈子里还有人好收藏名画，搜罗绝种的兰花。独独程越珩的喜好，郁坤打听不到。

往日里交集少，如今更是难得一见，程氏集团如今说他一人当家做主也不为过，风头正劲。郁坤盘算着，这位爷就算想要天上的星星，他也得试一试如何摘星。

郑子邺听了大笑，拍拍郁坤的肩膀：“他要不乐意，你上天摘星也徒劳，他会随手扔掉。

“还有啊，我看他今晚心情一般，跟他谈生意也好，交朋友也好，今晚都不是好时机。”

毕竟是从小一起玩到大的，郑子郴还算了解程越珩。

程越珩一晚上心不在焉。

鲁夏宜给他倒酒，他也不正眼看人。是真饿了，从从容容地吃东西，仿佛眼中只有桌上的佳肴。

饭局旁边就是牌局，真像他这样来正儿八经吃个饭的极少，寻的都是别的乐子。

他吃完停下筷子，鲁夏宜倒的酒仍搁在一旁没动。

“二哥，我错了，下午我不该说那些话，给你赔个不是。”鲁夏宜灌了自己三杯。

郑子郴将鲁夏宜扯到一边，问：“你下午跟他说什么了？”

鲁夏宜觉得憋屈得很，垂头丧气的样子：“我就是问他什么时候甩了谢棠，他们演戏得演到什么时候。”

“鲁四你脑子呢？”郑子郴在她的寸头上敲了一下，“你没看出来人家感情好着呢吗！”

“不是演戏吗？”

“程氏都是他的了！程伦都被揪出来了！还演个屁的戏！他要不乐意，早将人踹了，你看看他现在像不乐意的样子吗？四十天的行程压成了半个月，他出差这么着急回来你以为是为了什么？为了赶回来揍你吗？”

鲁夏宜瞬间暴躁得像只踩了荆棘的猴子。

从小程越珩在她心中几乎是无所不能的神，而谢棠不过区区一戏子，凭什么能和程越珩相配？

“他俩要是来真的，二哥为什么不说？”鲁夏宜不服气，心中抱有最后一丝希望。

郑子郯嗤笑了一声：“我看他是假戏真做了，却还没认清自己的心。”

06

第二天收到郁坤的邀请时，程越珩勉强想起来有这么个人，SweetMoon 的老板。

这次邀约的地点却不是在 SweetMoon，而是另一处宅邸，叫观月楼。

隐藏在闹市中的一栋老房子，进了里面就会发现别有洞天。时光倒流，像几百年前古香古色的老茶楼供人消遣。弹琵琶的，说书的，唱戏的，都有各自的场子，一时半会儿还逛不完。

昨晚郁坤从鲁夏宜嘴里打听到了点儿情况。

平时能在程越珩面前说上话的，也就那么几位，鲁夏宜算其中之一。

那时鲁夏宜刚被郑子郯训过，正恼火。郁坤一问，她便冷笑着说：“别的不知道，我二哥喜欢戏子是真的，尤其喜欢唱越剧的。”

郁坤一听，喜出望外，简直要拍手叫好，没太注意到鲁夏宜似笑非笑的表情。

正巧，他有一个妹妹，打小学的就是越剧，唱得还不错。

郁坤动了心思。

程越珩原本不打算赴约，但观月楼里最适合听戏，这也不是句假话。带上谢棠去，她应该会喜欢。

却遭到拒绝。

他只说带她出去，还未提到观月楼，她就截断他的话：“我不想出门，你去玩吧。”

她穿着睡衣坐在飘窗上，长发披散了满背，脸上什么情绪也没有。说完她重新戴上耳机，用平板电脑看戏剧视频，桌上还有纸和笔，会一边看一边做笔记，认真得好比要参加期末考试的学生，将百分之百的精力都投入其中。

空气中有扇无形的墙，将两人隔开。程越珩在她身侧静静站了片刻，一个人走了。

他出门后，平板电脑上的播放器被按了暂停键。戏曲声消失，耳机里的世界安静，谢棠仿佛听见自己心脏沉闷的跳动声。

她想起小时候妹妹谢蓉被人收养带走的那天，她放学回来，满屋子找不到人，黄秀告诉她谢蓉已经走了，去过好日子了。

书包一侧的背带从肩上滑下来，挂在臂弯里，她像个被定格的木头人，神情空茫，颇为滑稽。

父母离世后，谢蓉是她死死捂在怀中的珠宝。

珠宝被夺走，她却并没有哭闹。

她只是在一片死寂的灰暗中失去了所有的一切，天塌了，地陷了，日月跌落，冬天永远不会过去，冰雪再难消融。

谢棠仿佛又回到了十岁那年，失去一切的时刻。耳边一遍遍回响：“既然是演戏，什么时候能剧终？”

有人问，既然是演戏，程越珩何时将谢棠丢弃？

谢棠看着掌心那枚还未送出的戒指，终究不甘，她的心渐渐从死寂的深潭水变成沸腾的白开水。

拿起手机给程越珩打电话时，她像根紧绷的弦，等着电话接通。

观月楼前。

跟郁坤一起在等程越珩的还有鲁夏宜。朱红色的大门前有两尊石狮子，鲁夏宜抱着手靠在上面，盯着面前一片竹林，神游太空。

到底还是有些怕了。

程越珩一向待他们几个兄弟亲和，这么多年来她闯过的祸事不少，连家人都训斥她时，程越珩二话不说，总会出手帮她摆平。如今程越珩不理她，她心慌。

竹林下，长长的车道，银灰色的敞篷跑车风驰电掣到了眼前。

鲁夏宜一喜，郁坤比她更殷勤地迎上去。

车里的人下来，一身黑色的休闲服，青松一样挺拔，将车钥匙扔给泊车小弟，眼睛看过来。

鲁夏宜心说不好，他脸色瞧着比昨天还臭，看上去心情一天比一天差。

郁坤打招呼，程越珩回了他几句话。鲁夏宜跟在身后，识趣地没多嘴，从来没有这么软过。

等进大门，再进了园子，宛如进了另一个世界。外边是春日的夜晚，风中还带着一丝凉，里面却好像永恒地定格了春日的太阳，暖意融融。

鲁夏宜打发走跟在身边的服务生，亲自接过程越珩脱下的外套：“二哥，我来，今晚给您当小厮，任您差遣。”

他们路过一个厅堂，里头是说书的，台上穿长褂的男子手中握着把折扇，身前有张桌子，桌子上放着一方醒木。台下稀稀疏疏坐着几位看客，神情悠然自得，津津有味地听着。

郁坤说：“程总，精彩的在后头。”

再下一个厅堂，琵琶声从屏风里飘出，嘈嘈切切错杂弹，大珠小珠落玉盘。琵琶中夹杂着台下的叫好声，显然比上一个厅热闹了不少。

一路往后，二十四厅，各有特色。

鲁夏宜在第七厅碰到相识的人，相互打了声招呼，她落后了半步。

听见手机振动，是从程越珩外套口袋里传来的动静。她一边掏出手机一边追上程越珩，正要叫他，看见屏幕上的来电显示是谢棠，嘴边的“二哥”咽了回去。

鲁夏宜神色淡漠地挂断电话，接过服务生递过来的玉色茶盏，抿了一口，痛快地摸了把自己的卤蛋头，笑道：“好茶。”

喝着比以往的甘甜。

那头的人没有放弃，手机很快又振动起来。

鲁夏宜照样挂断，将号码拉进黑名单，动作一气呵成。

谢棠觉得自己大概疯了。

要放在以往，打不通程越珩的电话，她不会起疑和纠缠，只当他不方便接。可现在，理智和冷静正在渐渐瓦解。

所有的不安全感堆叠，轻松将人淹没。

她看着墙上的钟滴答滴答地走，每一声，都敲击在人心上。她在微信上轰炸程越珩：“你在哪儿”“和谁”“在干什么”“什么时候回来”。

以前看电视剧，见识过里面女主角的歇斯底里，轮到自己时便发觉那些歇斯底里的情绪不是作假。爱一个人，穷途末路时，连体面也顾不上。

谢棠崩溃地知道，此刻的她像一条狗。

程越珩不回，她的消息就一条接一条发过去，很多很多的字，占满了手机屏幕，像暴雪天的雪花。

许久过去，她终于像沙漠中濒死的人得到一捧甘泉，得到了回复。

——是一个定位。

谢棠拦下一辆出租车赶到观月楼，在门口被拦住，她绝望地发现她进不去。

情急之下，谢棠想到的只有何满满，她在C市没有其他的朋友。心里没有抱太大的期望，电话打过去，谁知何满满竟然一口应下，说她有办法进观月楼。

何满满家住得近，过来得很及时。

她发现谢棠身上穿的是睡衣，外面披了一件单薄的毛线外套，头发也不太整洁，显然是没整理过就匆忙出门了。

何满满吓了一跳：“棠棠你怎么了？”

刚才在电话里，何满满没察觉到谢棠语气不对劲，走到面前一看，才发现端倪。

谢棠眼眶通红却没有眼泪，声音干涩又绝望：“我想进观月楼。”

“你别急。”

何满满说她有办法不是诓人的。早些年前观月楼是正儿八经的梨园，何满满的外公外婆经常光顾，连带着何满满也成了那里的常客。她年纪小坐不住，园子内外都玩过逛过，东墙边的芭蕉树后，藏着一个狗洞。

“就是这里了。”何满满左右看看，四周竹林环绕没有人，拨开杂草，当年的狗洞还在。

洞口不宽，好在谢棠瘦，勉强能钻进去。

谢棠用黑皮筋扎起低马尾，弯腰就准备跪下，何满满拉住她，不安地问：“棠棠，你为什么非要进去？”

谢棠说：“我男朋友在里面。”

何满满知道坊间有句笑话，不知从哪一年起，观月楼变成了风月楼。唱曲儿说书的仍在，可又添了许多不为外人所知的新乐子。严苛的会员制建立起来，主流的客人从真正爱戏曲的人变成了一群浪荡公子哥儿。

谢棠说她男朋友在里面，恐怕也不是什么好事。

谢棠状态不对，何满满放心不下，咬咬牙跟着她从狗洞里钻了进去。

傍晚才下过一场雨，地上潮湿，左右两边膝盖上留下一团深色的污渍，沾了满手的泥。何满满也顾不上，盯紧了谢棠，怕她做傻事。

手机上不断更新的定位指引着谢棠的方向，距离目的地还有八百五十米，六百米，五百米，三百米……

来到第二十四厅前，她到达了终点。

推开门，眼前的世界竟是谢棠熟悉的世界，有人在唱越剧。

四周暗沉得像蒙了一层厚重灰尘的老灯泡，唯独舞台中心有束光，追随着戏子的脚步。

唱的是《无天》，崇林社内特有的剧目，出自著名剧作家龚舒清之手，讲的是盐商之女与镇北将军三生三世的纠缠。

瑶池仙子转世的盐商之女单恋镇北将军，与佛祖立下赌约，满盘皆输，变成老妪，每日在将军府前卖花。后来被歹徒用一把匕首杀害，扔进枯井中，三十年无人发现。

盐商女魂归天界，情伤难愈，从此闭门不出，唯有一垂髫小儿相伴。又过三十年，仙子发现真相。小儿是刺穿她肋骨的匕首所化，是将军的转世。

所念之人在何方，在我肋骨中，疼痛难当。

命运弄人。

戏子甩袖，嗓音婉转悲切，动听得让人想落泪。

崇林社小一辈子里最出色的郁湘，名不虚传。

谢棠拨开前方陌生的人群，看郁湘从台上唱到台下，唱到一个青松般的人影跟前，唱到瑶池仙子在佛前哭诉那一幕：“我佛慈悲，何时度我？”

不知谁踩了仙子的衣裙，她跌倒，面前的人影将她接住。

戏里的悲凄戛然而止，气氛变得暧昧，纨绔子弟们吹口哨起哄，灯光缓缓亮了，众人的表情神态各不一样。

一手促成这件事的郁坤站在一旁，面容带笑。

程越珩托着郁湘的腰，郁湘栽倒在他怀中。

鲁夏宜双手交叉抱在胸前，视线在人群中搜寻。看见谢棠时，她眼睛一亮，扬手朝谢棠打了个招呼：“哟，二嫂，你也在啊。”

她果然只有在觉得戏谑时才这样叫她。

这声称呼，成功地吸引了四周的目光在谢棠身上聚焦。

在场哪个不是衣冠楚楚，唯独她不修边幅，睡衣配拖鞋，跟疯人院里跑出来似的。谢棠愣在原地发呆，眼睛望着抱着姑娘的男人，浑身的血液往头顶冲。

从昨天下午到现在，所有的挣扎、折磨、心存侥幸，在这一刻都停止。

弦终于绷断了。

她好像被打碎了。

过几秒，谢棠如梦初醒般，反应过来，察觉到自己的窘境。

她扭头就跑，拖鞋掉了一只。混乱中她竟还有心思回忆，在玉堂与程越珩重逢的那一次，她跟谢磊在街头打架，混战中也掉了一只鞋。

同样是睡衣、拖鞋，情景何其相似，如今仿佛又把那时的难堪重演了一遍。

她为什么总是掉鞋呢？谢棠觉得荒唐，她又不是灰姑娘。

鲁夏宜在背后跟上去："二嫂，别走啊。"

谢棠只有跑得更快，她不熟悉观月楼，像只无头苍蝇，看见哪里有路便往哪里跑。

鲁夏宜还要追，被程越珩抓住手腕："鲁四，闹够了吗？"

他似乎并没有动怒，冰雪般冷冽的眼神却叫鲁夏宜害怕，叫人心里一颤："二哥……"

"别这么叫，担不起。"

程越珩越过鲁夏宜，朝外面的走廊跑去，没几步，又被个陌生的女孩儿拖住了脚步。

何满满死死拽住程越珩，不让他去纠缠谢棠，她作为网上冲浪的高阶选手跟人掐架一点也不虚，再也忍不住破口大骂："你个死渣男！你妈买菜必定涨价，你爹开车天天堵车，你奶奶跳广场舞永远不会有C位！还有你，你叫什么名字？明天我就让人把你名字绣在内裤上，放屁崩你一礼拜！"

何满满再一看，男人手上连戒指都没戴，心里越发生气，恨不得唾沫星子喷对方脸上："明明都答应谢棠的求婚了还出来浪是不是？还特地把戒指摘了是不是？你这种渣男的存在真是让我感到匪夷所思！"

程越珩可以轻易将何满满甩开，听到这里，却停下动作，问："什么求婚？什么戒指？"

"你别装蒜，就昨天！她准备了玫瑰花，说要跟男朋友求婚，戒指也是早就买好了的！"何满满双手叉腰，"你是不是昨天下午回国的？”

“是。”

“那就铁定是你没错了！”

昨天崇林社一群人出发去V城，谢棠请了假，跟何满满说男朋友下午回国，她要回去求婚。何满满当场就傻了，长这么大还没见女方跟男方求婚的。

谢棠说谁求婚都无所谓，她跟男朋友早有婚约在身，早晚会结婚的。求婚只是个仪式，她想补全这个仪式而已。

她还给何满满拍了她买的对戒和玫瑰花。

戒指朴素，花瓣鲜红，都很美。

看得何满满心痒痒，昨晚就发微信问谢棠成功没有。谢棠回了她一个“嗯”，别的没有多说，何满满便以为事情成了。

“她昨天没去V城？”程越珩问。

何满满愤怒：“你装什么装！她去了还怎么跟你求婚！”嘴上的骂声一旦停下来，在程越珩面前的气势顿时矮了半截儿。

“她没有。”程越珩闷声道，“我没有看到戒指，也没有看到花。”

何满满呆住：“怎么可能？”

“她什么时候给你拍的照片？”

“大概……大概快三点的时候。”

程越珩三点出机场，谢棠准备好东西来不及再去接机，所以直接回了公寓，他却没在公寓看见她。

或许，她其实一直在屋里。鲁四同他说那番话时，她就在屋里。

再联想起从昨晚开始她的种种异样，所有的一切都说得通了。

一小会儿工夫，谢棠已经不见了人影。程越珩现在看手机，才知道她的号码进了黑名单，想必是出自鲁夏宜之手。

等到程越珩再打过去，谢棠已经关了机。

程越珩找了一圈，最后干脆去调监控，惊动了观月楼的总经理。好在程越珩要找的人特征明显，穿白色睡衣和米色毛线外套的女孩儿，一只脚没穿鞋。

很快，他们就发现了目标人物出现在九厅和十厅之间的长桥上，正往东移动。

程越珩赶到时，谢棠蹲在花坛前，彻底迷了路。她方向感不好，前门走不了，狗洞又找不到。

她听见靠近的脚步，抬头的一瞬，眼睛被长廊下悬挂的灯光晃了下。

程越珩已经许久没有过紧张的心境，也忘记了忐忑是何滋味，到了她面前，他忽然不知该如何对待。

他拉她的手，她挣扎，两人起了争执。

谢棠逐渐用力，手腕上留下一圈红痕，她想让程越珩放开，张嘴却语无伦次：“我……你……为什么……”

然后，她什么话也说不出来了。

看着他，她大哭，却没有声音，像突然降下了一场瓢泼大雨，画面静了音。

刺进盐商女肋骨三十年之久的匕首，是她痴恋的将军所化，锥心之痛，原来如此。

一句戏言定终身，她经历了从怀疑到喜欢再到深爱的过程，她曾站在程越珩的山地车后扶着他的肩膀，想对玉堂的群山呼喊：

“你好吗？”

“我很好——”

她那时是真的被治愈，所有伤口在爱里愈合，以为往后日子平安顺遂，再也不会害怕与绝望。

可她在准备惊喜向程越珩求婚的当天，听见人问：“既然是演戏，什么时候剧终？”

像一句诅咒。

十岁时被抛弃的痛苦，谢棠这一生不想再重来。

如果由她先画上句点，是否就不算被抛弃。

“我们分手吧。”谢棠对程越珩说。

Chapter 08

你若愿意，我娶你

S h e n g s h e n g z i h u a n

01

崇林社内的员工宿舍能够申请，谢棠从程越珩的公寓搬出去以后，直接向尹西竹申请了一间宿舍。

楼里空房间有多余的，这点儿小事尹西竹没犹豫，直接就交代下去了。

尹西竹只是在收到谢棠这条短信时感到诧异，大约是没想明白谢棠怎么沦落到了住宿舍的地步。毕竟在尹西竹看来，谢棠与一个投资过亿的新剧场等价，当初可是程氏的当家人亲自与她做了这笔交易。

而谢棠也算摸清了尹西竹的路数。

尹西竹对她不怎么上心，传道授业解惑，统统没有做到，她也不再像一个徒弟奢求师父的垂青，表演上遇到的各种问题直接向授课的老师请教。

但倘若她有什么要求，只要不算过分，尹西竹对她是有求必应的。

这也就是说，如果她主动找尹西竹要办什么事的话，多半能成。逮不到人也没关系，她直接发短信告知，尹西竹看见以后多半会给回复。

弄清楚了这点，谢棠平静了不少。

她不再把尹西竹当师父看待，而是将对方看作家中的一位长辈。

在崇林社的日子逐渐变得忙碌而平静，排练紧张时连着五六个小时不休息。谢棠投入进去，感觉极累，回宿舍洗个热水澡，又觉得极畅快。

偶尔被何满满约着出去，两人逛街看电影吃饭。

她没有再主动去交新的朋友，不与人交恶，也不去讨好谁。没有与谁产生过矛盾，除了跟郁湘闹过一点不愉快。

她在练习室独自练习，郁湘找上门来，问她那晚为什么会出现在观月楼。

谢棠关了伴奏，拿帕子擦了擦脸上的汗，不打算理会。她拿起保温杯喝水，郁湘上手争夺，她呛了一口："大小姐，你是不是有病？"

郁湘上头有三个哥哥，郁坤是她的大哥，从小最照顾她。郁湘与程越珩本无交集，只听过有这么一号人物。

最近郁坤有意撮合郁湘和程越珩，在郁湘面前提及程越珩的次数越来越多，郁湘慢慢动了心。

"你和程越珩是什么关系？"郁湘来势汹汹。

谢棠觉得她这副做派像来逼宫的，十分滑稽，挑唇粲然一笑，眼波撩人，暧昧地说："男女朋友的关系。"

"你不要脸！"

"在观月楼唱戏那晚，你唱《无天》，故意摔跤抱他的时候，我跟他还没分手。埋在别人男朋友怀里不撒手，论不要脸的程度，我可比不过你。"

"你胡说！我不是故意摔的！我……"

"是不是故意的你心里有数，哪有那么巧？你特地走到他面前，不就是为了等着那一个时机？”谢棠不再给郁湘辩解的机会，“或者旁边有人跟你配合？故意绊倒你，踩你的戏袍？”

她一猜就中，郁湘心里慌乱，嘴上说不赢，气愤时扬起手要扇过去，被她截住。

谢棠自小在泥潭里摸爬滚打，无论吵架还是动手，温室里长大的郁湘都不是她的对手。

她顺势往后一推，郁湘猝不及防跌倒在地。

郁湘狼狈不堪，一边骂谢棠一边扬言威胁她。

谢棠蹲在郁湘跟前，拿起手机录下她哭花了妆的丑态。

“谢棠你疯了吗？”面对摄像头，郁湘露出恐惧的表情，连忙用手将脸遮住。

郁湘平常最在意个人形象，她在微博上算是颇有名气的越剧小花，一贯走青春活力和优雅气质的路线，如果她骂人和威胁人的视频流出去，形象崩塌恐怕难以挽回。

郁湘向前一扑想要抢手机，被谢棠单手制住，按着压倒在地板上。

谢棠俯首低眉，脸庞快要贴着郁湘的脸，额头上还带着微微的汗珠，粘着几根乌黑的发丝，肌肤清透。她朝郁湘轻轻笑道：“井水不犯河水不好吗，为什么非要来招惹我呢？我这样的人，没有原则又没有软肋，什么手段都使得出啊。”

郁湘躺在地板上害怕得忘记了哭，只剩下止不住的抽泣声，胸脯一起一伏。

谢棠温声问她：“咱们相互放过，谁也别找谁麻烦，行不行？我把视频删了，这件事就到此为止。”

郁湘委委屈屈地点头。

被郁湘一闹，耽误了不少时间，谢棠再接着练习，反反复复，对着镜子调整自己的仪态、动作、每一个表情。

她不是最有天赋的，但她现在大概是崇林社里最努力的。

演出的机会，她也会努力争取。

彻底结束练习已经是晚上十点。宿舍在顶楼，谢棠上去时安安静静，走廊上没有声音。

有一盏声控灯坏了，后面一段路像条幽深的通往异世界的甬道。

住宿舍的人不多，据谢棠所知，包括她在内，也就五个房间住了人。岗位不同，作息不同，少有打照面的时候，谢棠与他们并不熟悉。

谢棠的房间在左手边的倒数第二间。

她快步走到房门口，拿钥匙开了门，按下墙上的灯控开关。一室敞亮，心里的阴霾驱散了。

洗完澡护肤，窝在小小的床上，边敷面膜边追剧，睡觉前不忘给何满满的漫画点赞写评论吹一波。

关了灯以后，谢棠许久没睡着。

起初是饿，揉着肚子在床上翻来覆去滚了几遍。这个时间点外卖又太罪恶，只得爬起来灌几口白开水。

等她终于酝酿出睡意，外面走廊上响起了脚步声。

谢棠顿时清醒了。

她的床头靠近门口的方向，宿舍隔音效果一般，脚步声似乎就在床边。

谢棠安慰自己，兴许只是同事路过。可怕什么来什么，她等待这阵声音过去，声音却一直在门口徘徊。

谢棠摸黑起床，透过窄窄的一线门缝往外看，什么也看不到。

她转念一想，进出崇林社并不容易，里里外外设有好几道关卡需要刷卡，多年来没出过偷窃或者别的祸事。

谢棠想出去看看情况，她被打扰得睡不着觉。

刚挪动门锁探出头，门外突然出现一只手将她完全拉出房间。尖叫尚未喊出口，来人早有防备，捂住她的嘴。

谢棠的心跳差点儿停了。

长长的走廊上，两盏声控灯都没有亮，剩下身后的房间里透出一丝微光。

谢棠被迫靠在背后的人身上，眼睛只能看见捂住她口鼻的那只手。

“嘘——别喊。”

是她熟悉的嗓音。

谢棠深吸一口气，冷静了一点，连对方身上的气味都是熟悉的。

“程越珩，你放开我。”谢棠闷声说。

谢棠没有想过，程越珩还会来找她。她提分手的那天就没再回公寓住，第二天去搬行李，程越珩问她能不能不分手。

前后他一共问过谢棠三次，谢棠还是走了。

开口三次挽留，已经是程越珩的极限，再继续，就成了死缠烂打。程越珩做不出这种事来，他有他的骄傲和底线。

离开以后，谢棠冷静下来想，知道那一晚全是有心人设计的圈套。

电话不接，手机打不通，微信不回，是鲁夏宜所为，程越珩事后也解释过，连郁湘摔进他怀中，她所看见的拥抱，也只是误会。

这些谢棠是相信的。

可她问程越珩，他当初说要娶她，是否有过一点点真心。

他却答不上来。

他那样的人，连亲生母亲容心凝都说他是天生的野心家，玩转资本操控人心，怎会因为一句口头承诺赌上一生。

程伦说想看他能不能赢到最后。

谁想他假戏真做，到最后，回不了头。

“程越珩，你别捂着我，难受……”谢棠又说了一遍。

说完她再去掰开他的手，这次他松开了。

没等谢棠放松警惕，肩头一重，程越珩换了个姿势，面对面地抱着，额头砸在她肩膀上。

呼吸滚烫，还有淡淡的酒味。

他身高腿长，弯着腰蹭她的肩窝，整个人说不出的别扭难受，却赖着不肯走。

“你喝酒了？”要不是喝多了，不至于三更半夜跑来她这里。

“你怎么知道我住哪间房？”谢棠又问。

程越珩的语速比平常要慢，说话一字一顿：“尹西竹。”

难怪了，他直接问了尹西竹，跟她打了招呼，崇林社内便畅通无阻，各处的通行证要多少有多少。

“你怎么来的？”

“司机。”

“司机人呢？”

“楼下……等着。”

“让司机上来接你，你醉了，该回去睡觉了。”

这次程越珩不说话了。

谢棠完全推不动他。他揪着她的衣服，闭着眼睛，蹙起眉，露出难过的神情，像夜里做了噩梦。

谢棠只好去掏他的手机，两只手在他的衣服兜里摸索。程越珩却以为她要抱他，皱起的眉心舒展了一点，胃也感觉没那么疼了。

谢棠被困在他和墙壁之间，动作艰难地拿起手机给司机打电话。

程越珩的手机，谢棠的指纹也能解锁。是在玉堂过新年时她悄悄录入的指纹，等他发现，她先斩后奏问他可不可以，他在炉火前一下轻一下重地吻她，闷声笑，说不敢有意见。

那会儿两人是真正的亲密无间。

没多久司机又打过来，说进不来。

谢棠说你把电话给门卫，我跟他说。

交代清楚了，谢棠安心等人来把身边的这尊大佛搬走。

程越珩却不再安分，抬起额头抵着她的额头，一冷一热。

他似乎不记得他们已经分手了，用温热的唇去吻她，从眉骨，到眼睛，又辗转到鼻梁。谢棠偏头躲开，问他：“程越珩，你还清醒着吗？”

“嗯。”

一般说自己没醉的人，都醉了。

谢棠不知道该生气还是该笑，心里泛起如针刺般细细密密的疼，不可缓解。

她看着他，又何尝不是爱意难平。

“跟着我说话，”谢棠捧着程越珩的脸，弯了弯嘴角，“你就说，我是小狗。”

程越珩眼神茫然，仿佛没有听懂。他很想很想抱她，她却总是挣扎不让他如愿，高大的男人像个孩童般委屈。谢棠说：“跟着我说话，就让你亲亲，知道了吗？”

他点头。

谢棠：“我、是、小、狗。”

程越珩：“我、是、小、狗。”

谢棠：“我、是、骗、人、的、小、狗。”

程越珩：“我、是、骗、人、的、小、狗。”

谢棠露出洁白的牙齿，翘着嘴角笑，后悔自己怎么没录下来，要看到程越珩这个样子可不容易。

她分明在笑，笑完却不知怎么哭了。

程越珩觉得胸膛的某个地方像在撕扯着，转移了胃里的痛感。他头重脚轻，意识快模糊了，也不忘贴上去，亲自品尝那眼泪，他说：

“学完了，要亲的。”

几分钟后，司机跟着崇林社里的一个保安一起上来，两人合力将程越珩扶走。程越珩醉酒后犯了少爷脾气，不让旁人碰。

谢棠只好送佛送到西，帮着他们将程越珩带出崇林社。

上了车，程越珩还要耍赖，把她一起拽上车。

谢棠抓住车门，跟他说：“就到这里了喔，我不陪你回家了。”

程越珩歪倒在车座上，被酒精染红的眼睛怔怔望着她，思维一半清醒一半混沌，听清了她说的每一个字，却又不明白那些字连成句子以后的意思。

车门关上。

谢棠让司机开车走，她终于可以回宿舍睡觉。漆黑的夜里，她一路小跑着奔向自己的小窝。

她努力地不去想刚才程越珩的样子，他像五岁的孩童蹲在院墙前，聚精会神地盯着不敢靠近他的三花猫，问：“你不能跟我回家吗？”

她说：“我不相信你啦。”

我不相信你了，就不会再靠近你。

02

经历过程越珩醉酒的那晚之后，两个人的生活再次回归到各自的轨迹上，没有发生交集。

其间程越珩的胃病犯了，去了一次医院。

谢棠删了程越珩的微信，但忘记郑子邺加过自己，刷朋友圈时偶然看见郑子邺发的照片，说去探望病患，出镜的是郑子邺偷拍的一只正在输液的手。

别人或许不认识，谢棠一眼认出来那是程越珩。

她当作没看见，迅速滑了过去。

郑子邺跟故意似的，接连好几天去探病，每去一趟，必定发朋友圈，连某人的胃部 CT 图和药方都不能幸免，均有亮相。

谢棠干脆屏蔽了郑子邺，连碰手机的次数也直线下降。

一连三天，郑子邺发朋友圈比到点吃饭还准时，却没有收获到想要的效果。

他扬起手机界面给程越珩看："干干净净，半点儿动静也没有。"发的那些照片，就谢棠一个人可见。

程越珩看着面前的白粥，越发没了胃口。

"鲁四还在外面。"郑子邺提醒他。

程越珩像没听见，每一口流食都难以下咽，仿佛带着苦涩的药粉味道。

病房外左右两个保镖，拦着个假小子。鲁夏宜头上扣着的帽子都被她自己掀飞了，往墙上踹了几脚也没办法，她就是进不去。

连程越珩的面都见不到了。

四月下旬，程越珩回程家陪老太太参加一场慈善拍卖会。晚上送完老太太回家，从院子里出来碰见了鲁夏宜。

守株待兔一整晚，她总算没白费功夫。

“二哥。”

程越珩拉开驾驶座的车门，坐了上去，问：“什么事？”

鲁夏宜心里放松了大半，见他肯搭理她，之前的事情自然就翻篇了。

她钻进副驾驶座，眉飞色舞道：“KU 俱乐部那边马上就要举办真人 CS 赛了，今年你还是跟我一起参加吧？有你做队友，我胜算多了一半。”

程越珩冷淡地拒绝：“你叫别人当你队友。”

鲁夏宜脸上的笑垮下来：“为什么？以前都是你陪我去参加的！咱们可是最有默契的！”

她像被他背叛，爹毛了。

程越珩右手搭在方向盘上，抬眼看她张牙舞爪。

“原来你还没消气呢？”这一阵鲁夏宜做小伏低太久，却没换来谅解，心里也有了脾气，“我就不明白了，你跟谢棠都已经分手了，为什么还要……”

“下车。”程越珩打断她。

扔人下车这种事，他不是干不出来，鲁夏宜心里有数，从小到大见得多了，知道他所谓绅士做派都是幌子，得看心情。

鲁夏宜气急败坏地吼：“我们一起长大的，二哥，你不能这么对我。”

“一起长大的，你不也算计我？”

车窗缓缓关上，将鲁夏宜的愤怒屏蔽在外。

“我算是知道了，一遇到跟谢棠有关的事情，你心眼儿就比针眼儿还小。”

程越珩置若罔闻，银灰色的跑车风一样地开走了。

之后鲁夏宜在真人 CS 赛上拿了奖，要办庆功宴，邀请程越珩，他在公司加班没去。

鲁夏宜让郑子邺从中劝和，也以失败告终。郑子邺觉得，程越珩像一块盾牌刀枪不入，又像一团橡皮泥，看着似乎可以上手揉捏，你说的他都听了，也不反驳，到最后他还是自己的形状。

连带着特助孙文霖的日子也如数九寒天般艰难。

程总虽没有让全公司上下陪他一起加班，可他自己从早上八点到晚上八点始终坚守在岗位上，办公室内的休息间成为他的第二个家，直接导致程氏内部高层会议的强度比以往高了一倍，一群精英骨干叫苦不迭，而程氏业绩持续增长。大家有得有失，职位升了，工资涨了，头发也少了，风一吹后脑勺冰凉。

失恋使人暴富。

失恋让集团再创辉煌。

直到有一天程越珩接到一个私人电话，对方告诉他：“人找到了。”

孙文霖正好推门进来，瞬间以为寒冬已经过去，春天到了。

对面程总的心情是肉眼可见的好。

自醉酒后，程越珩终于又有了可以光明正大死缠烂打的第二个绝好机会——谢蓉找到了。

这一次的约见，谢棠显得比程越珩更迫不及待。她提前四十多分钟到达餐厅，坐着干等，扭头发现锃亮的玻璃上映着一张素颜的脸，看着气色并不好，唇色泛白。

她该收拾收拾再出门的，当时却顾不上。

幸好随身带着的包里有口红和气垫，谢棠对着玻璃镜面将气垫轻轻压在脸上，再涂口红。

这时包厢的门开了。

餐厅服务生领着程越珩站在门口，谢棠手一抖，番茄酱汁似的红色沿着唇线渗出去。

说不出的尴尬。

时间是晚上七点三十分，程越珩也提前了半小时到。

谢棠拿着纸巾把没涂好的口红擦掉，服务员主动取来小圆镜和棉签给她，服务周到。谢棠向她说谢谢，觉得更尴尬了。

菜很快上齐，在座的两人皆食不知味。

程越珩似乎并不想多待，开门见山地将手边的档案袋推过去。

“她现在的名字叫禾畹畹，是C大动画系的学生，专业成绩一直名列前茅，每年都能获得奖学金，目前正在向学校争取明年去美国当交换生的机会……”

谢棠翻阅手中的一沓资料，自己看了起来，上面有谢蓉离开玉堂之后的详细经历。

谢蓉的养父母确实是高级知识分子，为人谦和善良，除了她没有再收养别的孩子，在培养她上花费了大量心血和时间。她学过钢琴和芭蕾，培养了许多兴趣，参加过各种活动，与人交际落落大方。因为喜欢动漫，大学选择了动画专业。

谢蓉，或者说是禾畹畹，在过着跟谢棠截然不同的生活。

如果说那些年里谢棠是在泥潭中挣扎，那么谢蓉则是在游乐场游玩。

命运难以揣测。

谢棠将文件放回档案袋中，头顶的灯光落在她脸上，平静异常。

她说："谢谢你替我做这些。"

程越珩点了一下头，算是承了她这声谢："之前就在查，到现在才有结果。"

他面前几道都是辣菜，红通通亮晶晶的辣椒太惹眼，谢棠想起他的胃，几次想开口，却终究还是什么也没说。

两人无话，程越珩闷头吃菜。他吃得热气腾腾，被辣得唇色鲜红，一脸淡漠没有表情，额头上冒出了汗，却像镀了一层冰。

谢棠忍不住转了转餐桌上的转盘，辣菜转到了她这边，一道药膳汤停在他面前。

程越珩果然就吃面前的菜，盛了碗汤喝。

喝完汤，冰雪融化了不少。

吃完饭从餐厅出去，谢棠要过马路，到对面的公交站台，搭公交车回崇林社的宿舍。

程越珩开车停在她面前，说："我送你，下雨了。"

谢棠仰头，夜里路灯的光束下，细细密密的雨丝无处遁形，但雨势并不大。

她说：“不用了，你先走吧。”

“上车。”程越珩坚持。

站台上的其他人看着这一男一女僵持，有的还拿出手机明目张胆地拍照，谢棠只好绕到副驾驶座的一侧，坐了进去。

“麻烦你了。”

程越珩俯身压过来，她骤然紧绷，身体往后仰，结果他只是扯过安全带，替她系好。

“谢……谢谢。”

好像已经对他很生疏了。

程越珩开车稳当，硬是把跑车开出公交车的速度。加上遇到晚高峰，毫无悬念地被堵在了高架桥上，十来分钟没挪动半步。

谢棠看窗外，车队像条长龙盘踞在城市的夜色中，车灯汇成一片红色海洋。

雨下得比刚才大了，啪嗒啪嗒的雨点打在车窗上，一道道水痕蜿蜒而下，小溪般流淌。外面的世界也逐渐看不真切。

谢棠又看了看怀中的档案袋，想起谢蓉，有些出神。

禾畹畹，真是个越念越好听的名字。

“打算去找她吗？”程越珩问。

“我也不知道。”谢棠说。

03

虽然谢棠心里还没有打定主意到底要不要去找谢蓉，但好几次自己都没反应过来，听见公交车报站，就在C大那一站下了车。

她花两枚硬币，坐校车把C大逛了个遍。

阳光明媚的午后，校园内风景如画。校车停停走走，有人上车，有人下车，一张张青春活力的脸从谢棠面前晃过。

她也期待过，会不会就这样与谢蓉猝然相逢。

档案袋里还有不少谢蓉的照片，谢棠觉得她的模样跟小时候完全不一样了。女大十八变，五官长开了，皮肤也白净了，对着镜头笑得露出八颗牙。

就算面对面碰见，可能也要犹豫两秒，她才能认得出。

谢棠想象中的偶遇并没有发生，最后还是看到资料上说如今的禾畹畹喜欢去学校的一家面馆吃盖浇面。

谢棠连着两天过去蹲点，果然见到了人。

面馆地方不大，禾畹畹跟另外两个同学进去时，只剩下一张空桌。

三人找位置坐下，禾畹畹与另外一桌的谢棠正好背靠背。

“畹畹，你作业做完了没？”扎马尾的女生问。

一道活泼的声音响起：“差不多了，昨晚熬了个通宵。”

“拼命三郎啊你。”

谢棠感觉自己像个变态，身体尽力向后贴在椅背上，偷听人讲话。四周环境喧哗，勉勉强强也能听清几个女孩儿的对话，她们嬉笑着谈论学业和生活，一起分享感情话题，八卦系里谁跟谁的爱情故事，约定下个月去看主题展。

笑声似乎没有停过。

谢棠努力分辨其中属于谢蓉的声音，她被那些笑容感染，不知不觉中也扬起了唇。

脚边突然滚过来一根筷子，谢棠连忙腰去捡，有人与她做了相同的动作，禾畹畹抓住了筷子的另一头。

她向谢棠友善地笑了笑："谢谢。"

谢棠松开手，说："不客气。"

两人对视不过一秒。

禾畹畹重新要了一双筷子,她喜欢用筷子把面条一圈圈卷起来吃。谢棠忍不住回头看了一眼，这个小习惯姐妹俩一模一样。

"畹畹，你吃完回宿舍还是去图书馆？"

"今天周五回家住，跟我妈说好了的，和她一起过周末。"禾畹畹看了眼手表，"待会儿我爸就来学校接我了。"

女孩儿们 AA 制各自结完账，在门口道别，各有各的方向。

谢棠跟着一起出了面馆。禾畹畹在对面的路口等人，谢棠就在路边的长椅上坐了下来。

有卖糖葫芦的老爷爷打面前经过，谢棠掏钱买了两串。

她咬开厚重的晶莹的糖衣，尝到了里面微微酸涩的果肉的味道。

五六分钟过后，禾畹畹接了一通电话。紧接着，驶来一辆车停在她面前，她高高兴兴地上了车，被爸爸接回了家。

路口空荡荡的，人和车都已经走了，谢棠坐在长椅上没动，将糖葫芦一口一口吞下。

她吃完一根，还剩一根，一直拿在左手上。

身后槐树的树冠像把巨伞在头顶撑开，风吹树叶响，沙沙，沙沙！

不知不觉中，天光暗了。

有人在长椅的另一端坐下。

良久，谢棠隐约闻到烟味，这才侧头看，发现是程越珩。

他像饭后散步，一路来到了这里，着装休闲，轻松惬意。

“你怎么也在？”谢棠问完觉得自己未免太自作多情，第一反应竟然是他跟踪她。

程越珩靠着椅背，将腿舒展，模棱两可地说：“路过。”似乎怕她不信，他又加了一句，“来拜访一位老教授，刚好路过。”

谢棠“嗯”了一声，不知有没有信这套说辞。

她看了看手机屏上的时间，该回去了，出于礼貌向对方道别：“我先走了。”

程越珩扔了烟头，跟上她：“为什么不跟谢蓉相认？”

以前费了那么大劲儿找谢蓉，如今找到了，为什么不相认？

谢棠也这样问过自己。

可她以前找谢蓉，也就是想亲眼看看谢蓉过得到底好不好，黄秀说小蓉被好人家收养了是不是真的。她只是想要确认，是真的。

她曾经连最后一眼都没来得及见，六岁的谢蓉就被带走了。这么多年过去，成了她心里的刺，在血肉里腐烂。

看谢蓉变成了禾畹畹，有了新的身份、新的家人，真的过得很好，谢棠像完成了一桩夙愿。

但她不想去打扰。

夙愿完成，除了高兴，又还有些别的说不出的情绪。

谢棠沿着林荫道慢慢往前走，晚风拂面，路过了校园里的跳蚤市场，路过了音乐厅外的露天演出，歌声飞扬，青春无限。

许久之后，谢棠发现程越珩还跟着她。

谢棠：“你……”

程越珩：“我散步。”

谢棠：“行……”

路不是她开，树不是她栽，她没法限制他的活动范围。

直到出了C大校门，谢棠在路边等车，散步的人没有理由再同她一起走。

程越珩目送她离开，到最后，她攥在左手中拿了一路的糖葫芦，扔进了垃圾桶，也没给他。

04

六月，谢棠得到一个从天而降的机会。

导演佟燃筹划拍摄的电视剧《风火》中有个角色，要求性别女，年龄在二十二岁至二十五岁之间，容貌出色，气质上乘，精通越剧。这只是剧中的一个小人物，但佟燃素来以严苛著称，事事都想做到最好，他和尹西竹有些交情，便向尹西竹打听崇林社里有没有合适的人选。

尹西竹推荐了谢棠。

她问谢棠愿不愿意去试镜，谢棠心里吃了一惊。

尹西竹说："我推荐你，你好像很惊讶？"

谢棠没有隐瞒地说："有这种机会，我以为您第一时间会想到郁湘，或者演出一队里几个经验丰富的姑娘。"

"你也不差。"

谢棠笑了笑："谢谢您。"

尹西竹也笑："你以为我在说客套话？"

两人心知肚明，谢棠之所以能成为尹西竹的十三弟子，走的是捷径。一开始谢棠被蒙在鼓里，慢慢地，发现是程越珩替她铺了一条康庄大道。

谢棠当时还因为猜出了其中的弯弯道道，揭晓了谜团，而失落了好一阵，对自己产生过怀疑。

尹西竹说："也别太妄自菲薄，我要是真一点也看不上你，对方就是送我两座大剧场我也不答应。"

这一句安慰，扫荡了谢棠心头的不安。

去试镜前，尹西竹请了专业老师给谢棠上表演课，紧急加训时间匆忙，虽然深入不了表演这门艺术的核心，但谢棠好歹学了点儿皮毛。

战战兢兢中，她顺利通过面试。

谢棠扮演《风火》中的鹿七，本身就是一个梨园戏子，台词很少，剧中许多镜头都是拍她在台上唱戏，对谢棠来说算本色出演，佟燃看中的是她的身段和越剧素养。

谢棠进剧组已经到了七月，正值盛夏时节。

何满满直接开车送谢棠去影视城，在剧组报到完之后，趁着还有时间，两人四处参观了一遍，拍了些照片。太阳下山之前，谢棠送何满满离开。

“棠棠，你一个人没问题吧？”何满满看见几辆保姆车驶过，咖位大点儿的演员都有自己的司机和助理。“要不我留下来给你当助理？换份工作也新鲜。”

谢棠被逗笑了：“我可付不起你的工资。放心吧，我没问题！”

谢棠对自己的适应能力还是有信心的。

第二天导演和演员们还有剧组的工作人员一起参加开机仪式，铺着红色绒布的案桌上摆着香炉、乳猪和水果，供奉关二爷。等导演和主演单独上完香之后，配角们和工作人员再集体上香。

谢棠站在队伍的第二排，跟左右两边的演员很快熟悉起来。拍大合照时，她竖起两根手指头，比了个“耶”。

希望一切顺利。

可是拍了一个星期下来，谢棠觉得，似乎顺利得有些过头了。

化妆师温柔，每一笔眼线都尽职尽责，不会因为她是配角而敷衍。服装师亲切，每次见面笑脸相迎，她戏袍上缺了朵梅花，对方穿针引线当场给绣上去，没一点脾气。剧务老师负责演员的食宿，看见她总问房间空调有没有坏，午餐吃得可还愉快。其他演员更不用说，大家一起打打闹闹，有说有笑。

只有导演佟燃最暴躁，谁演不好就骂谁。

谢棠也挨过训，决心要磨炼演技。

拍完下午场回宾馆的路上，谢棠遇到女主角的扮演者周歆。谢棠主动跟她打招呼，两人后面才有几场对手戏，在此之前，还没有交集。

周歆却像认识她，安慰她说：“佟导谁都骂，你别放在心上，听说你是第一次演戏，能有这个水准已经不错了。”

周歆是名副其实的流量影后，身上又有多个大奖加持，肯停下来跟谢棠说这么一番话实在叫人既受宠若惊，又有些困惑不解。

“谢谢你每天的水果和冰镇绿豆汁。”

周歆吃人嘴软拿人手短，收了这些好处，自然该对人家好一点。平日里要想买锦记的绿豆汁，连她家助理也得排队等上半小时，如今却能天天享受到那滋味儿。

谢棠愣怔了许久。

经过她多次打听，终于在宾馆门前逮住了送水果的小哥，却没盘问出什么。但她摸清了小哥每天来的时间点，也算有收获。

有一次谢棠跟踪小哥走到影视城门口，看他像古代的刺客完成任务后偷摸着回去复命，走到一辆车前，跟驾驶座上的人说了些什么。

谢棠认识那辆车，也熟悉那一串车牌号码。

车窗降下，露出程越珩的脸。

谢棠右手搭在眉骨上，遮挡刺目的阳光，她视力极好，就这样安静看着他。落日余晖滚烫，她汗流浃背，汗珠从两鬓渗出，身后的影子被越拖越长。

其实，她早就猜到了。

除了程越珩，没有谁会替她做这些，又藏着掖着，不想让她知道。帮她进崇林社，让尹西竹收她为徒，替她寻找谢蓉的下落……

车内的程越珩如有预感，看了过来。

两人隔着夏日灼热而沉闷的空气对视，世界像插满了蜡烛的蛋糕，正在融化。

没有一丝风，没有一丝凉意。

程越珩下车，大步走到谢棠面前。她低着头，一颗一颗透明珠子砸在地面的灰尘上，不是汗水，是眼泪。

程越珩抬手擦她的脸，指腹在她眼尾一点点磨蹭，眼神无奈而柔软：“怎么又哭了？”

良久，谢棠抬头问他：“别人都有水果和绿豆汁，为什么我没有？”

她为自己突如其来的眼泪找了个不高明的借口。

程越珩脸上露出浅浅的笑：“你也有，你的在我这里，有很多很多，可以随时来拿。”

橙红色的夕阳挂在山头，彩色的云霞布满天空，绚丽得像幅油画。他的睫毛被阳光染成了金色，他说：“可是我也有想要的东西。”

谢棠问：“你想要什么？”

他说：“想要……第二次机会。”

05

七月中旬，谢棠的部分杀青。她离开剧组那天，不少人送她，跟她合影留念，大家都喜欢这个漂亮又努力的姑娘。当然，也喜欢以她的名义送来的那些贴心的消暑小食品。

谢棠回崇林社的第一天，何满满打电话跟她说，一楼大厅里有帅哥找她。

谢棠走楼梯下来，远远看见个背影。她没想到会是鲁夏宜。

鲁夏宜见到谢棠，直接将手里的水果篮和花推进她怀里。

谢棠：“……”

这是玩哪出？

她和鲁夏宜大眼瞪小眼，直到鲁夏宜摸了把头，说：“我是来道歉的。”

谢棠低头看看手里的果篮和鲜花，说：“我还以为你是来探病的。”

“反正我就这么道歉了。”鲁夏宜说。

谢棠把水果分给崇林社里路过的同事，鲜花插在前台的花瓶里。做完这些，她对鲁夏宜说：“滚吧。”

鲁夏宜七窍生烟，谢棠看着觉得解气，中午多吃了半碗饭。

第二天又有人找谢棠。

何满满纳闷，说：“电视剧都还没播，你也还没火，怎么就天天有男粉丝找上门来？”

谢棠纠正她：“昨天那个是女的。”

何满满说：“看着英姿飒爽。”

谢棠说：“正常时候是挺飒的，疯起来也够混的，跟我有仇。”

何满满问：“为什么啊？”

谢棠想了想，说：“大概因为我抢了她哥。”

何满满的表情一言难尽。

“两位美女，别聊了，哪位是谢小姐，麻烦您把花签收一下。”

送花的花店店员说。

崇林社很快要举行全国巡演，谢棠也被安排了参演其中的剧目，所有人紧锣密鼓地排练着。玫瑰花依旧每日送到，自那以后，没有断过。

崇林社里渐渐传开了，谢棠在被人追求。

八月巡演正式开始，历时三个月多，途经多个省市，从夏天到秋天。

谢棠的玫瑰花并没有随着巡演而结束，而是随她去了不同的省份。

每一场，演员们都能看见第一排的观众席中央坐着个西装革履的英俊男人，鼓掌总是到最后一刻才停，十分捧场。

大家猜测他必定是崇林社的忠实粉丝，只有郁湘知道，他究竟为谁而来。

最后一站，回到 C 市。

最后一场演出结束，全体演员上台鞠躬谢幕。

第一排观众席中央的观众还是没有变，他举着相机，对准一个人，拍了一张照片。

后来灯光暗了，演员们下台，观众们离场，演出大厅内变得空空荡荡。谢棠在后台换下了戏服，从大厅外的走廊上经过时，听见里面还有声音。

似乎是谁的手机掉在里面了。

她推开半掩着的门进去，铃声停了，正前方的墙壁上投影出一段视频。

视频由很多很多张照片组成，捕捉了同一个人的笑脸。

长街边，雪地里，炉火旁，花树下，各种各样的场景，各种不同的地方。

全是程越珩偷拍的谢棠。

在他尚未察觉自己心意的时候，镜头却不会说谎。

有一盏灯亮了，谢棠的视野中，像夜色中的荒原上空升起了月亮。

程越珩觉得他等这一刻已经等了很久，他拿着戒指单膝下跪。

他手中的戒指，谢棠觉得眼熟，那是她曾经扔掉的对戒中的其中一枚，被他找了回来。

他问她：“你愿意嫁给我吗？”

——你若愿意，我娶你。

——倘若不愿，我继续追你。

番外

二三事

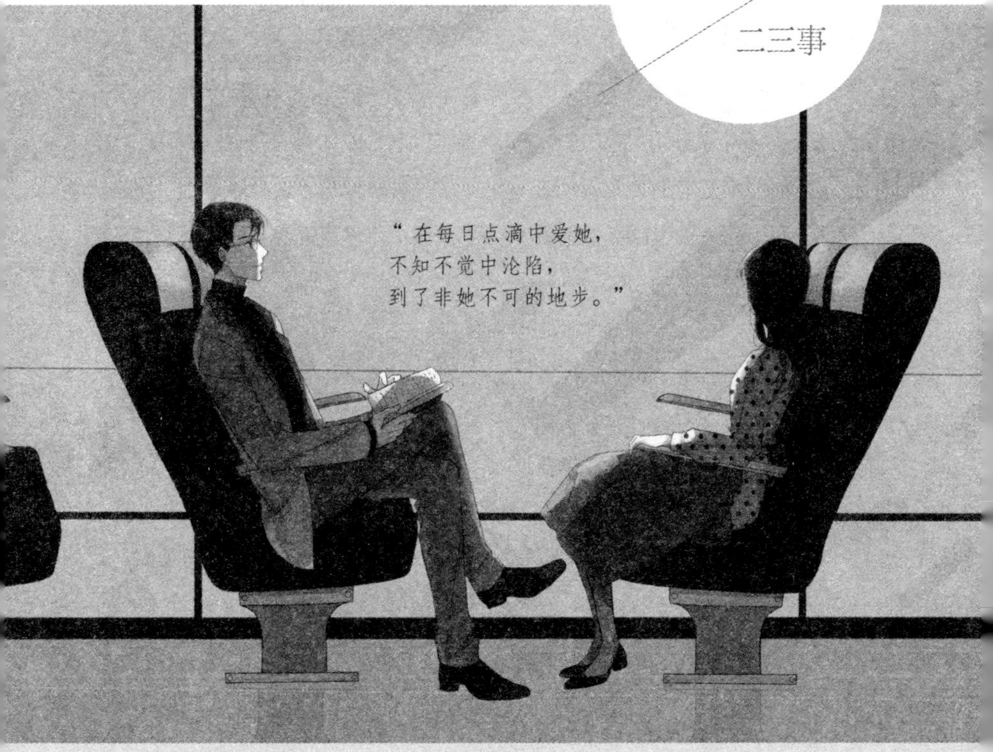

S h e n g s h e n g x i h u a n

〔一〕

《凤火》开播后，程越珩每个星期都守在电脑前等更新，只为单独把谢棠的戏份剪出来，做一个合集。

谢棠发现后，好奇地问：“你还会剪辑呢？”

程越珩说：“我还会修图，你的照片我都可以帮你精修。”

说完，他又求生欲爆棚地补充：“当然，不修也好看。”

谢棠：“……”

〔二〕

谢棠慢慢积累起一小批粉丝，自发组建了一个粉丝群。

程越珩的母亲容心凝混迹其中，最后成了谢棠的“粉头”。

〔三〕

谢棠为了感谢粉丝的支持，抽取三名幸运儿，送亲手织的围巾。

由于粉头经常花钱帮崇林社和谢棠买微博热搜，每逢演出，她必定应援，所以粉头理所应当被黑幕。

谢棠给她准备了围巾，还有别的小礼物。

容心凝用这些讹了她儿子一套房。

〔四〕

共度一晚后，第二天谢棠先起床。

离开前她翻了翻钱包，留下了一元钱放在枕头上。

程越珩醒来睁眼就能看到，把他给气笑了。

〔五〕

谢棠每晚在何满满的漫画底下吹：“大大啊啊啊啊啊啊啊……我好喜欢你！”

程越珩三连问：“大大是谁？你为什么喜欢他？男的女的？”

〔六〕

何满满生日，谢棠给她打了段快板，煮了碗长寿面，做了个皇冠，两个女孩儿乐呵呵地吹了生日蜡烛。

尹西竹生日，谢棠送她一盆罗汉松，祝她健康长寿。

程越珩生日，谢棠在外地演出，什么都没有准备。演出结束后回宾馆，在大厅里看见一个坐着微微打盹儿的男人。

谢棠走过去俯身亲了他一下。

他就睁开了眼睛，收到了生日礼物。

〔七〕

程越珩回程家陪二老吃饭。

老太太说：“真想抱重孙啊。”

程越珩说：“真想抱女儿啊，儿子也成。”

老太太说：“那你不赶紧去努力！我给你挑的那么多大家闺秀你连见都不见！”

程越珩说：“我想娶的不愿意嫁我。”

鸡毛掸子从头上飞过，老太太气急败坏：“你原来还是个痴情种？”

程越珩说：“在每日点滴中爱她，不知不觉中沦陷，到了非她不可的地步。”

〔八〕

老太太天天在家骂程越珩不肖子孙，连带着手气也不好，牌桌上老输钱。输得她兴致全无，扔了麻将去崇林社，跟谢棠偶遇了。

那天，老太太看谢棠排练了整整一下午，等她排练完，跟她打扑克。

赢了谢棠一百三十五块钱之后，老太太心满意足地回家了。

〔九〕

谢棠从程老爷子口中得知，以前家里养的猫啊狗啊羊驼啊，小程越珩全给取名叫鲁鲁。

谢棠不可避免地联想到了鲁夏宜。

为什么都要叫鲁鲁呢？

爷爷说：“当然是因为他小时候喜欢《花仙子》呀！鲁鲁鲁鲁鲁，鲁鲁鲁鲁鲁，鲁鲁鲁鲁鲁鲁鲁，能给人们带来幸福的花儿啊，你在哪里静悄悄地开放……”

〔十〕

谢棠在崇林社外遇到一只流浪猫。

它一直跟着她走，挨着她的裤腿。外面还下着小雨，她不忍心，将它带去宠物医院检查驱虫，收养了它。

谢棠给它取名为发财，多么简单粗暴的愿望！

〔十一〕

发财是只已经绝育了的小公猫，一岁大，叫声很嗲。

崇林社内明文规定不能养宠物，因为它的缘故，谢棠决定搬出宿舍。

程越珩终于顺利将人拐回了家。

发财立了大功，程越珩给它买最好的猫罐头和猫玩具，但是发财并不爱搭理他。

〔十二〕

圣诞夜，谢棠和程越珩出去约会。

回来两人关上门，抱作一团，亲了起来。

发财看着他们喵喵叫。

程越珩亲一下，发财喵一声。谢棠乐不可支，最后推开了程越珩，抱起了猫。

〔十三〕

何满满对程越珩一直有意见，恨不得用 A4 纸将“渣男”二字打印出来，贴在他背上。

直到有一次，何满满在大街上看见谢棠，她在人群中喊谢棠的名字，谢棠身边的程越珩却先回了头。

没有什么特别。

何满满的态度却莫名软化了许多。

〔十四〕

早上程越珩刮胡子，谢棠在旁边刷牙。

谢棠没睡饱，大脑尚未清醒，她突然摸了把他的腰，又摸了把屁股，闭着眼睛说：“我只是真的爱你。”

程越珩看她的眼神都变了。

那天两人都没能准时去上班。

〔十五〕

程越珩每年都会求一次婚，终于在第三年修成正果，变成了发财名正言顺的爸爸。